O enterro do lobo branco

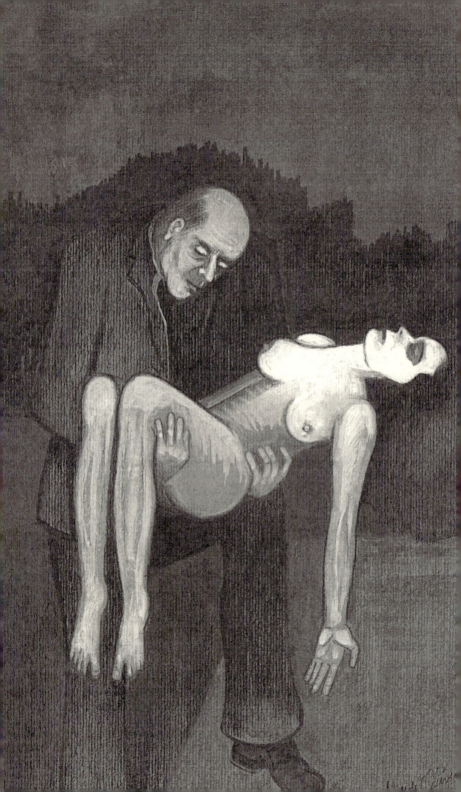

Márcia Barbieri

O enterro do lobo branco

(Trilogia do corpo)

2ª edição

REFORMATÓRIO

Copyright © 2021 Márcia Barbieri
O enterro do lobo branco © Editora Reformatório

Editores
Marcelo Nocelli
Rennan Martens

Revisão
Daniel Lopes Guaccaluz

Imagem da capa
Érico Alves de Oliveira

Design e editoração eletrônica
Karina Tenório

Dados Internacionais de Catalogação na Publicação (CIP)
Bibliotecária Juliana Farias Motta CRB7/5880

Barbieri, Márcia. –
    O enterro do lobo branco / Márcia Barbieri. – 2.ed. – São Paulo: Reformatório, 2021.
    190 p.: 14 x 21 cm.

    ISBN: 978-65-88091-14-2

    1. Romance brasileiro. I. Título.
B236e   CDD: B869.3

Índice para catálogo sistemático:
1. Romance brasileiro

Todos os direitos desta edição reservados à:

Editora Reformatório
www.reformatorio.com.br

E se um dia ou uma noite, um demônio se introduzisse na tua suprema solidão e te dissesse: 'Esta existência, tal como a levas e a levaste até aqui, vai-te ser necessário recomeçá-la sem cessar, sem nada de novo, ao contrário, a menor dor, o menor prazer, o menor pensamento, o menor suspiro, tudo o que pertence à vida voltará ainda a repetir-se, tudo o que nela há de indizivelmente grande ou pequeno, tudo voltará a acontecer, e voltará a verificar-se na mesma ordem, seguindo a mesma impiedosa sucessão, esta aranha também voltará a aparecer, este lugar entre as árvores, e este instante, e eu também!(...)

FRIEDRICH NIETZSCHE

A licença poética utilizada no texto pela autora foi preservada nesta edição. Por esse motivo algumas passagens estão em desacordo com a norma padrão da língua portuguesa.

ABERTURA

Poderia colocar a culpa em Deus,
mas há mais de um século a humanidade
assassinou velou e enterrou Deus
e eu posso sentir o peso do seu
cadáver sob meu anzol
eu posso sentir o peso dos escombros
sobre meus ombros
eu posso ver o relaxamento do seu esfíncter
e suas fezes arrasando quarteirões
eu posso ver seus olhos esbugalhados de terror
eu posso tocar em seus mamilos arroxeados
eu posso chacoalhar o seu saco escrotal
masturbar seu órgão genital flácido
eu posso dissecar sua santidade
eu posso mapear o seu campo de exílio
eu posso tocar a sua sinfonia do holocausto
e eu posso sentir seu cheiro íntimo
evaporar pelos meus poros
e nem por isso eu posso ressuscitar Deus.

Parte I
O ASSASSINATO

[Haverá um tempo em que penetrarei nas bifurcações do jardim e encontrarei todos aqueles homens iguais e franzinos velando o grande lobo branco. E ele não soltará um uivo ele não acuará nem devorará sua presa ele ficará estático esperando a hora certa da cova se abrir diante de suas patas defeituosas. Ele esperará a hora certa do ventre engolir seu crânio e a sua medula abrirá ao meio e dará origem a novas e insignificantes constelações.]

E a terra abrirá fossos no céu da boca e eu encontrarei fissuras aftas pétalas adormecidas na língua ressecada e eu direi nevermore para as convulsões e não esquecerei mais meu nome porque esta será a última epilepsia e eu sussurrarei nos ouvidos dos vivos a morte não passa de uma epilepsia profunda catalepsia eterna salivarei a gosma branca e amnésica e acenarei adeus e as pombas-gira dançarão sobre minha cova

[Haverá um tempo em que penetrarei à força pelas extremidades do seu corpo lúcido me embrenharei nas ramificações dos seus vasos sanguíneos forçarei cada minúscula veia até encontrar a de maior calibre introduzirei minhas presas na sua jugular esperarei o sangue jorrar amordaçarei sua boca algemarei sua língua e depois te farei engolir meus pensamentos e quando você imaginar que está tendo uma ideia originalíssima destruirei os espelhos ao redor da sua casa e você descobrirá que o homem não passa de um simulacro pretensioso do monstro e o monstro habita embaixo da sua cama]

Em menos de um minuto encontrarei as raízes as portas escancaradas os bulbos os tubérculos profundos das plantas alucinógenas libertarei meu corpo desse som moribundo e oco provocado pelo atrito com as coisas sem vida serei inteiro plenitude não vigiarei mais as mulheres putas nem dormirei velando o sono dos vagabundos não abrirei mais as vulvas fétidas do seu cérebro meu pau não terá mais a vontade louca da ereção e morto desprezará todo buraco

Em menos de um minuto segurarei os braços dos meninos raquíticos impedirei que o sangue coagule em suas veias defenderei seus corpos murchos dos animais ferozes estourarei seus tímpanos para que não escutem a dança das cobras nem os chocalhos das cascáveis amarelas arrancarei seus globos oculares para que não sintam a ameaça iminente da morte abrirei com minhas mãos parcas as suas covas para que não caiam na trapaça dos fantasmas negros devorarei o resto de suas carnes para que não apodreçam ou renasçam nos ventres das mulheres vadias plantarei margaridas em seus túmulos para que um dia despertem amnésicos e loucos clamem por uma nova vida ordinária

Em poucos segundos minha garganta terá os músculos relaxados a respiração se tornará ruidosa e tomará o ritmo vagaroso dos animais agonizantes a presença dissimulada do estertor da morte meu coração não mais se repartirá entre ventrículo direito e ventrículo esquerdo a aorta não possuirá privilégio sobre as artérias menores meu membro conhecerá a lucidez das coisas flácidas e sem vida minha carapaça romperá com o mesmo vigor que se despedaçam as carapaças dos caranguejos azuis minhas pernas se quebrarão e sem ossos tomarão a forma de nadadeiras e eu poderei experimentar a letargia de mergulhar nas águas das cidades litorâneas enquanto cavalos marinhos copulam ao lado do meu corpo morto

Em poucos segundos minha pulsação alcançará o ritmo vago dos insetos engolirá os ovos dos bichos peçonhentos desmanchará as teias das aranhas venenosas numa dança macabra onde os mortos velarão os vivos e os vivos corpos-inchaços-narcolépticos caminharão fingindo uma vitalidade inexistente derramarão as mãos sobre as papoulas sem cor e seus olhos azuis moribundos tentarão em vão uma nova catarse e meu pau flácido despencará sobre suas ancas estriadas

Eu podarei com meticuloso cuidado as ramificações os alvéolos que despencam do seu pulmão-enfisema perguntarei sobre a remota possibilidade de um câncer precoce indagarei sobre a bronquite da sua gata te ensinarei remédios caseiros passarei receitas de xaropes milagrosos indagarei se parou de fumar você tossirá com certa discrição abafando o som com a mão enquanto muda de assunto farei um relato detalhado de um homem jovem que morreu pelos malefícios do cigarro perguntarei se esse ano tomou a vacina da gripe me convencerei da urgência de discutir o estado físico das nuvens reclamarei da indelicadeza e da falta de tato dos machos narrarei as peripécias do meu porquinho-da-índia reclamarei sobre os ruídos do meu novo vizinho falarei sobre o progresso que ando tendo com as videiras lá do meu quintal conversaremos banalidades como a marca do pó de café ou a alta exorbitante dos preços das amêndoas importadas você dirá que sempre preferiu as nozes nacionais eu concordarei com a cabeça convicta porque hoje eu apenas falo de amenidades de coisas que andam e florescem de jardins nos centros das pequenas cidades opinarei sobre a cor do seu blush e sobre seus olhos pintados confessarei que gosto das nuances lilases perguntarei se o sopro no coração desapareceu indagarei com leve riso nos lábios se as suas amídalas continuam inchando no início do verão reclamarei um pouco que a minha gastrite voltou a queimar e que o médico mandou que eu continuasse com o omeprazol interrogarei sobre as cadelas sarnentas que costumavam aparecer na sua rua perguntarei sobre as aventuras das suas primas siamesas perguntarei se o seu padrasto ainda trabalha na fábrica de caixões recitarei um poema aos mortos falarei sobre a sociedade falida das formigas perguntarei com ingênua preocupação sobre a saúde frágil de seus pais mencionarei as cirurgias constantes de velhos que utilizam o marca-passo admirado como eles se recuperam rapidamente falarei numa retórica convincente sobre um estudo revolucionário para acabar com as ferrugens dos laranjais ou citarei em arrobas quantas laranjas foram perdidas no ano passado estenderei minhas mãos de nervos saltados fingirei normalidades fingirei um afeto que desconheço ou que conheci nos tempos em que os cães chupavam as mangas maduras que caíam no quintal de Alice Alice que também não conhecia afeto mas polia com delicadeza os caninos dos homens que dormiam em sua cama ela sem afeto afagava seus paus Alice tinha os cabelos pretos e ela não pronunciava seu nome nem nomeava qualquer coisa ao seu redor as coisas eram e isso bastava para a urgência do seu cérebro e para escassez do seu corpo eu sim tinha a mania idiota de dar nomes a coisas inanimadas

E por causa dessa mania quase compulsiva de dar nomes apelidos sobrenomes para as mais minúsculas coisas que rodeavam meus olhos fez com que os homens me confundissem com as coisas que eu nomeava e as coisas me olhavam atônitas e invisíveis se escondendo por baixo do tecido adiposo do meu abdome que engorda a olhos vistos então não me surpreendia ao ser chamado de pedra parafuso porca espanador catapulta não me espantava ao ser comparado com as coisas invisíveis tampouco considerava absurdo quando me deparava com casulos na superfície fria do meu corpo também não me assustava ao passar em frente ao relógio da igreja e escutar alguém gritar por Maurício ou Osvaldo por puro costume virava o pescoço querendo saber a quem procuravam ao anunciar aquelas sílabas ocas e logo me dava conta que eram a mim que procuravam sim apesar da minha invisibilidade e fraqueza eles me procuravam logo o padre alisava a sua batina e me perguntava assustado "Carlos, por que não responde quando vê que me esgoelo te chamando¿" "Você por acaso é louco ou se finge de surdo¿" "Estamos te esperando há horas!!!!" no entanto era evidente que não era o tipo de homem que dava conversas a monges Alice que não nomeava ninguém rolava a boca pelos meus joelhos e eu e joelhos eram o mesmo ser na sua boca os seres se confundiam se mesclavam e Alice chupava as mangas quando eram salvas dos dentes do cão de pelo negro

Alice tinha a ideia curta um buço imperceptível a boca cheia de dentes e saliva a mente cheia de perversidades me prendia com suas meias arrastão gostava de me ludibriar abria e fechava o meu zíper sorrateira encostava a polpa da bunda no meu pau fingia distração enquanto a vulva intumescia e melava o jardim corria nua pelos canteiros das marias-sem-vergonha colocava-as atrás das orelhas ou entre as rótulas dos joelhos ossudos orelhas de abano era assim que as vizinhas gritavam lá vai Alice com suas orelhas de abano grandes fartas no entanto eu nunca tinha reparado nos acessórios do seu corpo me impressionavam mais os seus buracos sua bacia ilíaca seu quadril um tanto torto resultado de um parto mal feito seus olhos côncavos seu boquete o resto eram histórias para boi dormir

Aperto o relógio de pulso analógico e escuto as badaladas enganadoras da igreja Alice se ajoelha como quem começa uma oração uma penitência mas seu corpo pertence à espécie dos excomungados ela poderia reunir em um pequeno caderno pautado meia dúzia de rezas que aprendeu de suas tias velhas e reproduzi-las fingindo temor no entanto prefere arrancar o vestido molhar a boca na saliva e desabotoar minha calça digo que não é necessário aquela demonstração tola de afeto ela diz que não é afeto é malícia e nenhum falo merece a desatenção de sua língua e de sua língua não escorre nenhuma sílaba nenhum verbo só porra ou veneno

Alice não gritava por meu nome por nenhum deles nem sequer sussurrava pornografias no meu ouvido enquanto abria as pernas às vezes tocava em silêncio uma siririca ela costumava dizer que pornográfico mesmo era abrir os olhos nas manhãs íngremes de segunda-feira subir a rua e aguentar a realidade quente que ecoava do asfalto ela estava certa eu detestava o início da semana no entanto não me lembro de gostar de qualquer outro dia os objetos possuíam um gosto tedioso e frequentemente me perguntava por que passei tantos anos da minha vida sem cometer nenhum suicídio sim eu nomeava as coisas mas era por pura ignorância não talvez não era para fazer com que as beiradas tomassem uma certa singularidade porém era inútil as coisas se misturavam e tinham todas a mesma insipidez

[Haverá um tempo em que os homens dormirão velados pelas bocas dos meninos e os meninos terão as pernas suspensas nos chapéus mexicanos e as mulheres colocarão seus ovos sob a proteção dos crocodilos os bichos rastejantes aprenderão com as aranhas venenosas a tecerem suas teias e a cobrirem suas presas com os fios brancos e brilhantes os pássaros se apiedarão do destino frágil dos machos e lhes doarão seus voos e seus ninhos as árvores continuarão seus cursos e todas florirão como as cerejeiras]

Alice não cansava de dedetizar o porão o quarto a sala os vãos das escadarias o armário mofado por falta de uso enquanto as roupas se acumulavam nos baús herdados de sua mãe também sua mãe tinha hábitos estranhos mas não era considerada louca apenas exótica como os animais raros que ficam expostos nos aquários de grandes cidades litorâneas ou fetos mal formados exibidos em vidros de conserva parece que todos meus conhecidos são excêntricos e somente eu caí no signo suspeito da palavra louco se tivesse corrido mais ou me livrado das bestas ou feito com os dedos as ligações entre as sinapses talvez tivesse escapado dessa palavra-jaula entretanto como o que está feito está feito me resta atravessar o tempo e romper a vigília dos santos e correr e gritar e abafar os gritos com a palma das mãos e...

E ver os ossos de Alice desconjuntados pelo chão tentando uma nova poética que nunca vem com o caos emitindo sons guturais imitando o uivo aleatório dos lobos criados em zoológicos Alice preferia passar as mãos por debaixo das calças cinzas dos homens que voltavam tristes das fábricas frágeis-autômatos ela gemia enquanto os tocava e se tocava o desejo não bastava para transformar o ódio em gozo eles falavam sobre os ritos das máquinas de ponto sobre as burocracias que aos poucos engoliam seus intestinos sobre os atrasos que devoravam os seus salários reclamavam das engrenagens rápidas que os faziam se confundir com os parafusos no entanto Alice não se importava com ninguém e se consumia os corpos era porque assim era mais fácil disfarçar as olheiras das noites mal dormidas não acreditava nas promessas de dias melhores mas sabia que o orgasmo era uma pequena morte ao menos em francês

[Haverá um tempo em que os ossos dos santos se prostrarão nos tubérculos frouxos das árvores esses mesmos ossos desviarão o curso dos tendões e romperão a carne roxa dos cadáveres contarão os causos de homens antípodas e de mulheres perversas que cortavam as cabeças de seus maridos e afogavam seus primogênitos em rios pardos de crianças que desmembravam suas bonecas e faziam firmes ataduras antes das veias nascerem histórias de velhos que morriam contando os átomos e as estrias de suas células podres e de flores que preparavam o descanso dos mortos]

Sim eu me lembro perfeitamente não precisa narrar detalhe por detalhe daquela tarde tenho memória de elefante aliás os meus problemas existem porque minha cabeça parece um saco sem fundo minha mãe costumava dizer que quando eu tinha três anos ao ser perguntado se me recordava de tal pessoa eu descrevia a cor da roupa que ela trajava isso me rendeu a fama de gênio pequeno geniozinho incompreendido do subúrbio no entanto nem precisei chegar à adolescência para minha família descobrir que eu não era nenhum super dotado eu era mais sonso do que aqueles ratos brancos de laboratório pior que isso estava inscrito nos meus ossos o ideograma da loucura eles não se importaram me colocaram no quartinho dos fundos o antigo quarto de costura não não precisa me relatar o assassinato daquela tarde eu não quero saber nada sobre Augustina eu sei que ela está viva em algum escombro embora ela não tenha sequer nascido já sinto o cheiro das tangerinas e dos limões da Sicília que ela gosta de descascar depois do almoço

Você pode rir pode duvidar da nossa sintonia mas éramos destinados um ao outro quando crianças ela procurava com a língua infantil as dobras gordas do meu corpo sim naquele tempo minha carne era flácida como a de um sapo gordo e gelatinoso minhas banhas despencavam em direção aos buracos do asfalto Estela não se importava e com sua magreza quase anoréxica me esperava para apostar corrida as quais eu sempre ganhava porque ela não tinha coragem de me derrotar nem de me deixar para trás depois dava uma leve lambidinha nos meus lábios dizia que os vencedores tinham direito àquela saliva densa e asquerosa eu ficava com nojo fechava os olhos e o meu pau que ainda não conhecia a maldade subia levemente e eu achava que foder e mijar eram sinônimos depressa me escondia atrás do caule grosso tirava o pau para fora e molhava com malícia aquela árvore frondosa às vezes Esther aparecia e molhava os pés naquele pequeno poço artificial o gozo apareceu bem mais tarde quando começaram a crescer os pelos pubianos

[Haverá um tempo em que os homens fingindo epilepsias desmaiarão sob os saiotes das fêmeas desmontarão com delicadeza os ossos de suas faces quebrarão em silêncio seus joelhos esfolados escalarão seus pelos pubianos não ignorarão a vontade do clitóris subirão as línguas em direção a suas bocas e enojados de discursos fajutos cuspirão verdades em seus lábios quase sagrados e depois de mortos nunca mais enterrarão as vozes histéricas de suas mulheres estas sem remorsos pisaram de leve em suas covas rasas]

Catarina era perversa dissimulada gostava de cair desmaiar perder a consciência depois culpava os genes e a epilepsia logo ela que se espumava era de raiva ou de prazer desde os treze se esfregava com os meninos do colégio atrás do cemitério eu perguntava se ela não tinha medo de um castigo ou de ser assombrada pelos fantasmas que descansavam depois do muro ela entortava a boca e respondia que os vivos são bem mais aterrorizantes deles sim ela tinha motivos para se esconder e para esperar punição os vivos eram arrogantes e moralistas e gostavam de torturar jovens felizes por ela estava tudo bem sonhava em ser amordaçada de vez em quando e depois ser sodomizada a vida era curta já já também estaria vagando feito alma penada naquele cemitério eu balançava a cabeça em sinal de concordância e mexia meu pé torto congênito

Pare de ficar me remendando como se eu fosse um louco ou como se eu tivesse mal de Alzheimer não me diga que o seu nome não era Catarina Alice Stela Augustina ela continha no seu corpo todos os nomes do mundo e pouco me importa como eu a recordo agora você precisava tê-la visto nua em pelo apenas assim entenderia o motivo de eu ficar constantemente boquiaberto com as lembranças de suas aventuras se eu fosse um homem menos viril talvez nunca a conhecesse os homens fracos são engolidos feito aranhas já que está aqui mesmo chegue um pouco mais perto coloque as mãos perto da minha virilha e veja como ele se mexe ferozmente se quiser posso deixá-la experimentar um pouquinho do que Stela teve

[Haverá um tempo em que os homens inventarão notas dissonantes ao soprar as tíbias de seus contem-

porâneos escreverão partituras inconsequentes cairão de joelhos sobre as putas da rua três farão bordados em neon ao redor de seus umbigos cavarão seus ventres ocos e plantarão em seus úteros ancestrais mortos deitarão ao lado de suas criações esperando o parto do sol e os fetos vingarem enquanto os gatos disputam o voo frágil das moscas]
    Canto para duas vozes e um maestro corpo soterrado corpo vivo soterrado corpo soterrado vivo corpo vivo atado ao mármore Alice nome de discórdia em seus caracteres está inscrito a lista dos loucos do sanatório da Avenida Presidente Vargas aquela que tem um monolito de Saint-Exupéry Telhadão para os íntimos para os lá de casa canto para três vozes e três alienistas lacre a boca com fita adesiva solfeje um réquiem em homenagem as suas mãos fúnebres as suas unhas compridas e sujas e seu dorso epilético finja um happening ninguém morrerá por engolir ansiolíticos ou ser enforcado por mata-leões aqui só há uma espécie de desesperados os que morrem de tédio
    Não cospe na minha fuça o seu Deus infestado de moscas ainda na adolescência tentaram me enquadrar em códigos mesquinhos F31 letras e números que não me explicavam me dissuadiram das fixações suicidas isso é apenas um resquício adaptativo de homens ancestrais agora falam em falhas nas sinapses antes éramos psicóticos maníaco-depressivos era colado um selo de afaste-se ou será gravemente ferido no entanto pregavam as maravilhas dos sais de lítio podíamos ser

loucos e controlados agora amenizam a tragédia o antigo Telhadão virou Instituto Indaiá e nas propagandas mostram fachadas bonitas piscinas cerejeiras e jardins floridos escondem os muros que os loucos pulam para ter acesso à rua agora falam em doenças neurodegenerativas descobriram que o gene envolvido é do oitavo cromossomo 8p21 e o aminoácido é o DAOA e daí¿ Isso não é mais importante que a descoberta da pólvora e frisam mas é preciso parcimônia nessa doença existe menor atividade na região dorso-lateral do córtex pré-frontal e se for forte o bastante para resistir ao tédio provavelmente morrerá de neoplasias derrames ou algum problema cardiovascular

Cedo desconfiei que a vida é uma lagosta gorda vermelha e elegante contudo está sempre no prato alheio me observando com seus olhos móveis a mim restaram as baratas obesas que burlaram os sistemas de esgotos romperam os aquedutos saíram pelos ralos tomaram os quintais se despistando das bocas raivosas dos cães e das patas distraídas dos gatos atônitas escalaram meu corpo paralisado-catatônico e com a leveza de suas longas antenas roçaram meus mamilos me perguntaram com certa seriedade se meus peitos eram simétricos a maioria das pessoas tem um peito maior que o outro respondi que sim eram perfeitamente iguais apenas meu nariz sofria de um desvio incorrigível elas não me pareceram surpresas

[Haverá um tempo em que as camponesas passarão os dias fazendo amor debulhando e exalando o cheiro das amêndoas doces enquanto seus homens encherão as manhãs procurando iscas para os peixes dourados aqueles peixes pequenos e solitários que morrem de repente nos aquários das casas grandes enquanto suas crianças comerão os dias penduradas nas tetas do universo e a noite antes em vigília agora forçada vergará]

Enquanto isso eu me despedia daquele quadro da Iemanjá o mesmo que por anos você me convenceu que era você autoficção você insistia que o termo tinha sido cunhado por você entretanto não importa você não tinha o tino dos teóricos você nem sequer sabia o que era metafísica e quando eu te interrogava como um policial impondo uma ordem você me beijava sem língua e sussurrava que estava de regime eu ria e apalpava os peitos de Iemanjá e até hoje quando fecho os olhos ainda te confundo com a silhueta da parede fria

Éramos todos tuberculosos por isso estávamos confinados em quartos escuros para respirar melhor de fora o sanatório era grande e tinha um telhado infinito naquele tempo Estela e Augustina dormiam e não viam a árvore devastada que crescia atrás do meu tórax uma válvula entre meu seio esquerdo e meu externo falência dos pulmões Éramos todos loucos por isso estávamos confinados em quartos escuros para raciocinar melhor de fora o sanatório era grande e seu telhado infinito naquele tempo Alice e Esther dormiam e não viam a fumaça devastando meu cérebro confundindo as sinapses um cão raivoso espumando pela minha boca sinto medo enquanto desmonto os paralelepípedos da rua ao lado

[Haverá um tempo em que as palavras serão plenas em significados e esqueceremos as catacreses não teremos que passar noites em claro em busca de vocábulos perfeitos a imperfeição será banida dos dicionários seremos todos convictos e feitos de carne osso e verdades os gênios não mais caminharão em direção aos abismos esqueceremos as paixões pelos hologramas os homens não mais endurecerão seus paus por casos passageiros ou bonecas infláveis os amores germinarão em buracos sagrados o ódio será enterrado em cova funda nenhum esperma será jorrado inutilmente as vacas beijarão solenes as bocas das santas e as santas roerão os ossos ocos dos indigentes]

E eu torcerei o pescoço e arrumarei os ponteiros do relógio e os ponteiros indicarão a ala norte e eu deslizarei por um corredor branco-lúcido-infinito e todos os loucos me seguirão crentes que eu possuo a chave que dá para além do jardim e quando eles agarrarem meus sapatos lamberem meus pés e roerem minhas unhas eu lhes contarei a verdade e a verdade é que a loucura é engraçada para quem se julga são a loucura é engraçada para quem nunca presenciou o enforcamento dos loucos a loucura é engraçada para quem não viu as aftas nas bocas dos maníacos depressivos a loucura é engraçada para quem nunca enterrou seus mortos presos a camisas de força

[Haverá um tempo em que penetrarei nas bifurcações esquizofrênicas do seu crânio você não soltará nenhum gemido não implodirá nenhum coágulo respirará devagar e suas mãos contarão a pulsação cardíaca do universo e seus pés inchados se apoiarão na caixa torácica e eu continuarei me embrenhando nos seus vasos sanguíneos e quando você se fingir de morto quando você me convencer que é um inocente cadáver eu explodirei um aneurisma]

Eu sabia que um dia eles chegariam pichariam o muro arrombariam a porta da minha casa estuprariam meus cães destruiriam os móveis remexeriam os objetos levantariam a poeira que adormecia nas lâminas das facas mortas abririam as cortinas obrigariam o sol a entrar no oco da sala jogariam os lençóis da cama procurariam por impressões digitais e marcas de sangue como se não soubessem que os piores crimes acontecem no escombro silencioso da manhã não não procurem por Sthela é tempo perdido ela não se esconde aqui ela nunca esteve aqui Esther era rarefeita capturá-la é impossível não digam bobagens Stela não morreu ela não cairia em uma armadilha tão primitiva e ordinária procurem na cidade ao lado Ester gostava de ruas agitadas e noites quentes

Levem essas flores embora poupem seu dinheiro essa mixaria não a tratem como uma criança boba e mimada não se deixem enganar pelo seu ar zombeteiro Augustina era uma obstinada ela nunca apreciou begônias nem gerânios tampouco gostava de violetas Agustina admirava as hortaliças e tudo que tinha uma praticidade garantida as flores eram abstratas demais e ninguém sabia ao certo a sua finalidade já a hortelã o coentro ou o cominho deixavam os pratos mais saborosos flores lembravam defuntos tinham cheiro de defuntos e serviam como alívio fácil para remorsos Agustina apreciava canelas e incensos se querem mesmo agradá-la tragam um maço de cheiro-verde e um bocado de capim-limão

Eles me colocavam holofotes perto da cara faziam caretas próximos ao meu nariz observavam o tamanho das minhas pupilas eu podia vê-los rindo e comentando sobre como elas dilatavam com facilidade é mesmo um gato assustado não poderia saber o que eles queriam com aquilo os tais métodos sempre os tais métodos e os mesmos esquematismos queriam me acuar Quem eu sou¿ Eu poderia dissertar horas sobre os outros sem nunca sequer chegar perto Ou nas ranhuras da sua carne descobriria meu exílio o homem sitiado eu podia beijar sua boca lamber sua língua sem nunca atravessar essa barreira gelatinosa sem nunca deixar de ser imiscível Isso eu era matéria imiscível e a afronta não me desmontaria.

Será que eram tão ingênuos a ponto de acreditar que eu me renderia facilmente¿ Eles não tinham ideia de metade das coisas que eu já tinha passado na vida não seria meia dúzia de torturas retiradas de best-sellers e de filmes classe D que me fariam envergar minha estrutura há algum tempo tornou-se invejável eu poderia ficar um mês inteiro sem tocar em um prato de comida que os meus músculos continuariam respondendo a qualquer estímulo como se tivesse acabado de fazer uma refeição farta se era a minha pele que eles queriam que afiassem as suas facas e tentassem me esfolar eu não me deixaria fisgar agora batem com a ponta das botas encardidas na minha cara fingindo que são representantes da Lei sim os homens costumam se valer das leis para os mais abjetos interesses Lei nenhuma me fará beijar os pés desses ignorantes não falem o nome de Esther ela não é uma de suas vadias ela jamais olharia para nenhum de vocês e se caísse no engano de cruzar em seus caminhos escarraria em suas fardas não ousem falar que estão aqui para defender Estela ela não precisa da ajuda de vocês ela é autossuficiente e se agora está estendida em um caixão de terceira categoria é culpa de vocês que me prendem aqui e me impedem de tirar Augustina daquele muquifo

É claro que eles não desistiriam eles vivem respirando o cheiro que emana das vísceras de suas vítimas eles não vacilariam eles fingiriam um cansaço e uma paciência inexistentes eles limpariam o sangue que escorria das bordas da minha boca eles ajoelhariam implorando clemência afirmariam que os choques eram para acelerar as sinapses e nunca ninguém morrera por causa de choques elétricos eles até acreditavam que davam um certo ar de vitalidade ao meu rosto pálido e a bem da verdade minha palidez era congênita anemia adquirida ancestralmente mas eu não perderia meu tempo explicando a diferença entre herança e acaso a genética não favorece os burros a impaciência às vezes é uma virtude fiz um esforço com a garganta e escarrei forte no pé da mesa então a ira deles aumentou talvez tenha sido uma ideia tola e perigosa e eles não mais simularam elegância o verde dos seus casacos começou a enegrecer tentei afrouxar as cordas que amarravam meus pulsos era impossível eu estava atado àquela situação Stela não perdoaria minha fraqueza isso eu tenho certeza os homens fracos a enojavam

    Não me recordo de muita coisa mas sei que os elefantes brancos jamais esquecem parece que apenas os homens adquiriram o cérebro fraco dos ratos os homens costumam repetir os mesmos erros quando são escorraçados logo pedem abrigo as mesmas mulheres que lhes arrancaram a pele antes não não estou me referindo nem a Esther nem a Alice falo das que vieram antes e depois se não bastasse me roubarem os dentes e me cobrarem o olho da cara por uma noite de prazer faziam questão de me deixarem como lembrança verrugas genitais confesso que até considerava algo singular ter sinais pelo corpo no entanto nunca gostei de engolir aquelas cápsulas imensas para tratar a coceira e o mau cheiro se ao menos tivessem apenas me deixado os chatos como lembrança Augustina era diferente os seus problemas eram todos importados

    [Haverá um tempo em que todas as sinapses se encontrarão e ocorrerá uma espécie de epifania ou curto-circuito universal e todos os cérebros conectados falarão a mesma língua os partidos políticos serão alvejados e ninguém vomitará asneiras inconcebíveis porque os pensamentos serão projetados por uma única mente os santos dormirão tranquilos as promessas serão extintas os deuses serão libertados de seus postos porque ninguém jamais os invocarão anjos soprarão nos ouvidos dos demônios e estourarão seus tímpanos os desejos serão aniquilados e nenhum corvo flertará com os mortos e os bem-te-vis gritarão em seus galhos murchos de arruda NEVERMORE]

Eles esperavam que eu desse a ordem eu não gostava de ensinar aos outros o que era seu dever saber de cor esperavam que eu os absolvesse antes do crime queriam a minha sentença eu que estava ao lado dos réus primários exigiam o meu discurso fútil como se as palavras proferidas pelos loucos fossem ouvidas desejavam que eu escrevesse meu nome não se davam conta EU era a cria do inominável era só isso que esperavam que eu assinasse um maldito papel inserido num bloco cheio de cláusulas leoninas e de repugnantes leis que eu não acreditava e não me diziam respeito se estou com todos os membros intactos até hoje é porque ignorei as leis que me impunham discórdias se o diabo fez o pão fui eu quem lhe ofertei o fermento quantas vezes cuspi e escarrei para não me misturar aos porcos mas eles são insistentes não se cansam dormem e depois voltam com os cacetes limpos e eretos e ameaçam o fundilho da minha calça

NÃO!!!!!!!!! Esqueçam coloquem seus cacetes para dentro não conseguirão me enrabar guardem suas armas é inútil não darei permissão alguma para exumar o meu corpo esqueçam o sepultamento voluntário se desejarem mesmo essa exumação vamos cavem vocês mesmos e desenterrem o corpo apaziguado ou desistam se quiserem fazer a autópsia assumam toda a merda que evacua por uma matéria orgânica que ainda pulsa a verdade é que não exumarão meu corpo NUNCA!!!! só por cima do meu cadáver

Naquela época eu possuía a ingenuidade e o vigor dos homens que habitam as camas de suas mães até a puberdade aqueles homens com voz em falsete pequenos e imberbes os quais acreditam que as mães são bonecas emborrachadas e nunca fodem e agem como cães violentos e por debaixo da saia os pelos pubianos não exalam o cheiro exausto dos machos mães eram anjos mesmo quando putas e se inclinavam para encaixar nos homens que despencavam das ruas ensolaradas mas Alice não era mãe nem anjo nem puta Alice era um defeito que germinava embaixo dos pomares lotados uma espécie de praga para a qual nunca se achou pesticida

[Haverá um tempo em que nenhum homem morrerá tísico de febre de tifo de medo ou de tédio os homens simplesmente cavarão com as próprias mãos as covas em que pretendem descansar plantarão um alqueire de flores ordinárias e de hortaliças espalharão um mata-mato para que o capim não cresça confeccionarão cartões enfeitados para os parentes mais próximos prepararão chá de jasmim para que os convidados tomem enquanto levantam em comunhão inconsciente os dedos mindinhos acenderão os candelabros e calmos deitarão esperando seuS velórioS]

E também Stela antes da roxidão se escondia embaixo dos pomares cavoucava a terra e decepava as falanges invisíveis das minhocas rodava a saia sob os laranjais as ferrugens não a impelia nem o agrotóxico que comia as mãos dos lavradores ela não se importava pelo sacrifício dos animais que aravam a terra não se interessava pelo sumo das frutas maduras nem pelas abelhas que polinizavam as flores em um ato minúsculo e erótico nem pelos insetos que comiam os pequenos brotos numa guerra incessante e microscópica ela se rendia aos bagaços sim sussurrava no meu nariz ignorava que eram meus ouvidos os responsáveis pelo sentido da audição veja como os restos dos frutos são mais doces eu não sentia nada apenas detectava um amargor no fundo da língua fazia uma careta e ela me recompensava com um beijo na minha jugular e eu ficava tenso porque tinha a impressão que a sua saliva era uma lâmina enferrujada mesmo assim meu pau endurecia

Esther estava enjoada dos meus jogos eróticos falidos exigia novas performances ordenava que eu pesquisasse formas inovadoras de êxtase estrangulamentos já não a satisfazia não aceitava comprimidos ou alucinógenos recusava essas pequenas trapaças químicas eu abria a adega e oferecia uma garrafa de vinho de procedência duvidosa ela fingia desprezo mas em seguida despejava-o sobre o corpo suado e fazia com que lambesse cada centímetro do seu corpo eu encenava um tédio inexistente e calado passava a língua devagar em suas articulações pelos e falanges prendia os dentes nos seus mamilos e seguia até encontrar o seu clitóris e Estela se contorcia simulando um gozo que logo despencaria na minha saliva

Esthela me pedia para presenteá-la com consolos de preferência de todas as cores gostava de sexo inter--racial dizia que um apenas não era capaz de saciar sua vontade pouco se importava com o tamanho do meu pau já tinha engolido outros bem menores talvez o diâmetro sim a incomodasse dizia que os centímetros poderiam ser facilmente compensados com a rigidez constante não perdoava os homens broxas e não acreditava no milagre das pílulas azuis era uma questão de dignidade abaixar o membro quando uma mulher estava preparada para deitar-se na cama era pior do que estapeá-la e arrancar-lhes os dentes da frente no entanto eu não tinha problemas de impotência sim claro que não tinha só não podia pensar a política e a economia me ferravam a vida e o cacete para me manter em pé era preciso mãos ágeis pernas levemente abertas e bumbum inclinado o sangue irrigava rápido todas as regiões do meu corpo e se Augustina tinha motivos para reclamar era apenas porque algumas vezes eu não suportava a pressão e ejaculava antes de ela afastar a calcinha

[Haverá um tempo em que os peixes se livrarão de suas escamas e alçando voo esquecerão a violência das profundezas abissais os homens nunca mais erguerão as carcaças de seus mortos os cadáveres terão a leveza das pedras porosas e flutuarão por cima das cabeças dos santos e o esporro do monstro encherá de pulsão a escassez dos corpos branco-anoréxicos]

Ele sussurrava no meu ouvido mudo Ela é a noiva do cordeiro ornamente sua cabeça com flores de laranjeiras cubra sua face sangrenta e desnuda com o véu da concórdia limpe seu corpo ela é a noiva do cordeiro ela o espera não a deixe nua em pelo ela é a noiva do cordeiro não a deixe só para que sua carne não peque em desprezo lave seus pés com água santa retire os comichões de seu abdome tire as aranhas de sua buceta pois o cordeiro está à espera ela é a noiva do cordeiro corte suas unhas faça que tome chá de dente-de-leão para purificar o hálito para que o cordeiro chegue e rumine as pedras infames desse pasto contaminado

Eu não tinha medo sentia repulsa por esses seres e quando salivavam perto da minha boca podia sentir seus bigodes de rato doméstico roçando minha barba eles gritavam e perfuravam o meu tímpano com agulhas invisíveis e eu me esquivava a vida tinha me ensinado a permanecer ao lado ou à frente do alvo nunca atrás de forma que todos os tiros sairiam pela culatra ou perfurariam a tábua sem nunca me atingir eles apelaram abriram minha braguilha e tentaram endurecer meu pau sim primeiro tentaram apenas de modo tímido discreto com a mão esquerda como se não gostassem de porra como se fizessem isso apenas por pura obrigação ou como uma punição severa para os homens maus no entanto eu podia ver seus paus crescendo por baixo da calça de sarja não demorava mais de dois minutos e eles ajeitavam o saco e depois pegavam o meu cacete com a mão direita não conseguiam mais disfarçar não era possível ver um pingo de asco em suas faces pelo contrário eles pareciam disputar como cadelas a quentura do meu membro havia uma fragilidade nojenta naqueles ratos fardados porém não era trabalho fácil me engambelar poucos na vida conseguiram essa façanha como fracassaram partiram para a felação broxei eles poderiam armar o cerco dominar meu corpo mas não cercear meu desejo o gozo veio bem mais tarde

Dez minutos de punheta foram suficientes para o jorro limpei o pau na meia branca de três quartos eles já não salivavam ao olhar o meu membro flácido me olharam desconfiados quando fiz do meu corpo a minha puta eu não me deixaria levar por dedos alheios se era para foder eu mesmo me foderia nenhum dedo desconhecido invadiria meu cu eles tentaram me tirar a opção de escolha mas não conseguiriam estavam fadados ao fracasso eles poderiam empurrar seus cacetes nojentos dentro da minha boca mas eu não faria boquete para esses desertores bando de lagartos eu engoli muito sapo a vida inteira não engoliria o sêmen estragado de nenhum vagabundo Estela se orgulharia de mim me beijaria as mãos se me visse agora chutando esses veados e lustrando o sapato de bico fino que nunca usarei

Os discursos me enojavam e nos homens ignorantes havia um discurso pronto e internalizado o qual justificava qualquer ato de fascismo havia naqueles homens uma necessidade pulsante de serem respeitáveis as suas perguntas eram decoradas e não faziam o mínimo sentido no entanto consideravam o falatório o caminho mais curto para chegar aos seus objetivos minha boca salivava de ódio bastava eu lembrar a cara angulosa de cada um deles caras de cavalo agora entendo perfeitamente a quem a minha mãe se referia quando usava essa expressão minha mãe coitada agora já decomposta dentro do caixão ela que era o reflexo das coisas delicadas e invioláveis eles continuaram gritando de suas salas higiênicas que de uma forma ou de outra eu confessaria o crime e eles esperariam o tempo que fosse preciso faltava ainda trinta anos de previdência para aposentarem pensei em detonar o resto da minha laringe e gritar de volta mas ao invés disso tirei o pau para fora e enquanto eles se esgoelavam eu deixava meu gozo nas grades da cela a brancura era pouca no entanto eu conseguia alcançá-la

Assim que amanheceu consegui reconhecer a minha porra que secava e formava uma crosta fina nas grades da cela arranquei com a unha a camada de sêmen amanhecido me serviu de distração eles apareceriam logo com seus bigodes fedorentos e suas fardas nojentas começariam novamente as perguntas as insinuações os gestos as ameaças a única coisa que me incomodava nos crimes era isso ter que olhar para cara desses burocratas paus mandados do governo e claro que o Estado nem sequer sabia da existência deles para o presidente eles eram um dado inexistente ou um número a mais nos registros de nascimentos a mim eles eram carrapatos difíceis de extirpar engoli um pouco de água gargarejei e cuspi no pé da cama contei até dez e eles apareceram a um palmo do meu nariz

Eles me socaram até que o sangue jorrasse e coagulasse nas minhas têmporas até que os dedos desmontassem outras verdades até que a cabeça inventasse novas histórias eu não disse nada não tinha nada a revelar a mudez é a melhor forma de desintegrar a ambição dos idiotas meus dentes perderam aos poucos as obturações e pelo espelho da frente eu podia ver o tamanho dos buracos agora eu precisaria de um canal isso era evidente quem pagaria por ele¿ Com certeza não eram aqueles imbecis fardados que provocavam hematomas no meu corpo em nome da ordem muito se tem feito em nome da ordem e dos bons costumes muito se tem feito em nome dos homens que não conseguem nem limpar sozinhos a merda da própria bunda podiam me encarcerar eu não ligava meus ossos eram largos era o que o médico falava a minha mãe quando ela reclamava que não podia com meu peso e ele continuava embora pareça um anêmico seus ossos são pesados minha mãe sorria e me dava um tapa nas omoplatas e eu sabia que só porque tinha os ombros largos todos jogariam a mim seus fardos alguém tem que carregar o piano e os ratos caminhavam e continuavam sórdidos tocando suas gaitas

 Tudo o que eu queria era alcançar o tal corpo glorioso entretanto parece impossível se todos os meus músculos são corruptíveis se o meu pau endurece ao menor vestígio de uma buceta o cheiro da Ester me faz queimar feito o demônio enfiaria em qualquer buraco qualquer orifício que trouxesse semelhança com o corpo feminino não consigo nem imaginar como conseguiria chegar ao tal corpo glorioso que tanto pregam os teólogos apenas suspeito que se eu depender dessa minha carcaça pouco vigorosa com certeza não alcançarei nem a soleira imunda do inferno

 Estava claro para eles que eu não abriria o bico eu não era um delator nunca fui de entregar os amigos acobertava tudo quanto é falcatrua que meus amigos aprontavam porque agora eu deveria entregar a mim ainda mais por um crime que não cometi aliás um crime que não houve eu conseguia escutar de longe a respiração pausada de Esther ela estava viva vivíssima eu não poderia ficar enclausurado nas grades com aqueles ratos sendo acusado de um ato tão hediondo a noite passada eles tocaram uma sirene insuportável a intenção era perfurar meus tímpanos mas eu resisti e por ter sido forte eles apareceram pela manhã na minha cela e exigiram que eu tocasse uma punheta para eles nem fodendo escondo as mãos atrás das costas e espero com cautela o chute

E depois do chute vieram outras cacetadas eu poderia ter continuado com o bico fechado mas não eu preferi gritar eu queria ensurdecê-los exigi que batessem com mais vigor meu corpo era forte não me derrubariam perguntei se algum deles queria tocar o meu pau claro que nenhum deles queria admitir então olhei para o mais alto e mais encorpado os outros poderiam continuar ali se quisessem podiam colocar seus paus para fora das calças não precisei pedir duas vezes todos empunhavam com orgulho suas espadas de merda e terror solicitei uma corda eles foram solícitos estavam empolgados com a encenação disse que seria do meu jeito queria prender suas mãos na grade deixá-lo imobilizado só depois disso eu agiria eles exigiram que antes eu tirasse as calças tirei comecei a bater uma punheta exibindo a rigidez do meu mastro sim eu queria que eles sentissem o meu poder e ele exalava por todos os meus poros me ajudaram a amarrar o soldado o espetáculo os agradava não haveria cuspe no meio das nádegas meu pau estava seco e era assim que eu queria enfiei com toda a minha força ele gritou eu enfiei de novo dessa vez ainda mais forte os outros estavam excitados com o teatro e não era apenas no cu do soldado que eu enfiava enquanto eu estuprava aquele imbecil eu estava arrombando o cu do Estado o cu da religião o cu da Lei o cu de um sistema prisional falido o cu dos desertores o cu de uma sociedade hipócrita e fardada estava arrombando o cu dos almofadinhas o cu de uma corja de mamadores eu queria ver o sangue jorrar daquela cloaca podre os seus gritos eram música para os meus ouvidos eles também se divertiam só parei quando vi o sangue escorrer entre suas pernas eles viram que eu não estava de brincadeira tirei o pau e ele continuou em pé no entanto não era desejo o que eu sentia era raiva o ódio mantinha as veias dilatadas fiquei ali parado até o sangue atingir o chão da cela

Eles não fizerem cu doce mal coloquei as mãos atrás do corpo e eles começaram com os pontapés no fígado nas costelas no meu ânus fingi adormecer a verdade é que os imbecis acabaram comigo não conseguia me mexer e senti uma forte dor no fêmur esquerdo pensei em Estela ela não poderia me ver assim acabado ela espera que um homem revide o seu agressor no entanto eu não conseguia mais me levantar voltei à consciência depois de três dias a minha perna estava inchada como uma abóbora madura e latejava olhei ao redor e percebi que não estava mais dentro da cela estava em uma sala branca e embora não fosse muito grande senti uma sensação de paz as cores claras me acalmavam não demorou e apareceu um homem todo de branco com sotaque cubano não sabia se eu sorria ou demonstrava desprezo ele balançava nervosamente uma prancheta estudantil

Tentei suspender os quadris não fazia a mínima ideia de onde me encontrava a dor era tão insuportável que continuei deitado logo imaginei que falar seria mais fácil do que levantar fiz um esforço para esbravejar entretanto além de ter que fazer um esforço descomunal para abrir a boca o homem de prancheta nas mãos tinha um ar infantil e pouco ameaçador me desarmou então tentei abrir um sorriso mas logo percebi que sorrir naquelas circunstâncias era impossível cada centímetro do meu corpo doía e pela primeira vez senti uma contração no ventre e embora nunca tivesse parido passei a entender a ameaça do parto o homem olhou para meu rosto estendeu as mãos em minha direção e disse que se chamava Gonzáles e era médico imaginava que eu já tivesse percebido pois ele estava falando comigo com um estetoscópio pendurado no pescoço jurei que não tinha tido tempo nem disposição para supor nada e já tinha sido enganado por tantos homens que um jaleco branco não era sinônimo de graças nem prova de santidade mas por hora eu não engatilharia nem levantaria a arma em sua direção confesso que você me inspira uma sensação de alívio embora ele se mostrasse solícito nas condições em que me encontrava me senti um tanto quanto subalterno e dependente daquele ser estranho simulei um escarro o qual parou na garganta ele continuou olhando fixo para meu rosto como se pudesse me adivinhar através desse ato primitivo logo eu que desde novo aprendi a trocar de máscara de tempos em tempos eu sabia que nunca se deve relaxar perto de outro macho somos presas potenciais porém ele não parecia uma cobra pronta para dar o bote eu não escutava o seu chocalho eu não sentia ameaças vindo daquele homem talvez o seu bigode lhe desse uma aparência amigável e o tom de voz era baixo e cortês ele disse que eu poderia relaxar pois agora as coisas estavam um pouco melhor apesar do meu ar cínico acreditei além do mais mesmo que não acreditasse teria ficado quieto eu não tinhas forças para contestar nada minhas vértebras estavam se quebrando eu podia ouvir os estalos ele não sabia exatamente como eu tinha ido parar ali afinal era um hospital quase desconhecido numa vila com poucos habitantes era realmente algo bem bizarro eles estavam isolados há muito tempo do resto da civilização aliás eles nem imaginavam que o povoado da outra margem ainda soubessem de suas existências e isso de certa forma era reconfortante eles não prestavam contas a ninguém sobre o andamento da vila eles eram exilados mas exilados da própria condição apesar de não estarem acostumados a visitas surpresas isso não os incomodava era apenas um fato curioso entretanto ele não estava na minha frente para me interrogar para me tirar o juízo ou saber minúcias da minha vida não lhe interessava o lado em que eu estava desde que ficasse bom a missão dele é que eu sarasse e voltasse inteiro para onde quer que fosse perguntei quem havia me trazido ele afirmou que foram dois homens fardados e carrancudos me carregavam como se carrega um saco de batatas eram grandes e usavam fardas antes que ele pudesse travar conversa os dois homens já tinham fugido o médico tira da prancheta três raios-x e diz que infelizmente as notícias não são muito animadoras começo a rir ele não entende muito bem como alguém pode rir numa situação tão delicada o caso é que não tinha entendido uma palavra do seu portunhol por isso não podia chorar ao escutar o que ele tentava me falar Gonzáles sugeriu que eu levasse as coisas mais a sério eu teria um longo caminho a percorrer ele apontou novamente para os raios-x e mesmo sem compreender o que ele falava pude ver claramente um rompimento no meu fêmur o meu riso desapareceu na mesma hora eu não sabia exatamente o que aquilo significava mas tinha certeza de que não era nada bom desde criança aprendi que o fêmur é um dos maiores ossos do nosso corpo e nos dá sustentação estar com o osso ferrado não me ajudaria muito logo perguntei o que ele poderia fazer por mim ele pigarreou e fez uma cara pouco confiante não havia muito a ser feito o melhor era esperar uns dias e tirar outros raios-x fazer outros exames para saber como o corpo estava reagindo pedi que ele me trouxesse um cigarro cubano ele me perguntou se eu fumava respondi que não mas gostaria de acender um cigarro ele se afastou e me trouxe uma bituca apagada não reclamei ele me passou o isqueiro antes de deixar a sala

No dia seguinte Gonzáles chegou com a cara ainda menos confiante fiz uma piada de português e esperei ele retrucar no entanto parece que ele não estava muito animado e nem a fim de escutar piadas continuava com a prancheta estudantil nas mãos e agora além dos raios-x trazia uma espécie de papel diagnóstico perguntou se eu acreditava em Deus eu balancei a cabeça desconfiado e em transcendência você acredita¿ ele emendou em transcendência eu deveria acreditar então retruquei que minha metafísica era outra ele continuou pior para você enquanto pronunciava isso em seu dialeto levantou o lençol que cobria minhas pernas e uma delas não me lembro exatamente se a direita ou a esquerda estava preta não sei ainda o que faremos pelos exames acabamos de detectar uma hemorragia interna acho que teremos que intervir cirurgicamente quanto a sua perna sinto informar mas provavelmente teremos que amputar é visível que há gangrena perguntei se ele não podia me trazer um outro cigarro cubano ele bateu a caneta na prancheta e voltou com uma bituca um pouco maior que a anterior estar fodido tinha lá seus privilégios

Quatro ou cinco horas depois Gonzáles entrou novamente na sala dessa vez deixara a prancheta em algum outro canto trazia apenas um estetoscópio um aparelho de pressão antigo e um termômetro de mercúrio falou que precisava tirar minha pressão apertou a braçadeira em volta do meu bíceps inflou inflou inflou e soltou perguntou se sempre tive a pressão alta confessei que não costumava passar em médicos a última vez quem me levara foi minha mãe e eu devia ter uns cinco anos fez uma cara de desaprovação e continuou escutando meus batimentos parece regular colocou o termômetro dentro da minha boca e depois verificou não estava em estado febril isso era muito bom um excelente sinal assobiou e logo apareceu uma mulher igualzinha a Gonzáles poderia afirmar que havia entre eles apenas duas diferenças um par de seios siliconados e um bigode que no caso da moça era um pouco mais ralo que o do médico ela trazia nas mãos a prancheta estudantil Gonzáles ditou e ela anotou rapidamente provavelmente tinha feito aula de taquigrafia pela primeira vez a porra da taquigrafia se mostrou útil ela sussurrou algo numa linguagem cifrada e saiu Gonzáles disse que era melhor esperar até a manhã seguinte para fazer a intervenção cirúrgica só por uma questão de precaução antes que eu pedisse o cigarro cubano ele me estendeu um cachimbo belga *Ceci n'est pas une pipe*

 Por um motivo desconhecido não consegui pregar os olhos naquela noite engraçado que desde a infância tive um ímpeto suicida morrer para mim era a coisa mais leve do mundo ao contrário de viver que se assemelhava a um fardo irremediável costumava ficar escondido perto do rio para ser confundido com uma capivara e levar um tiro de espingarda a única coisa que consegui foi uma surra da minha mãe por passar tanto tempo fora de casa não entendi por qual motivo agora que tinha aos meus pés o que tanto desejara me sentia impotente e tentando fazer planos para ludibriar a morte verdade que Estela me esperava do lado de fora do hospital pelo menos era o que eu achava e não gostaria nem um pouco que eu saísse de dentro daquela instituição com cara de defunto pensei que talvez fosse de bom tom chamar um sepultador caso algo desse errado achava essa profissão admirável no entanto logo me lembrei que não conhecia ninguém naquela vila e não tinha um tostão furado minha mãe me alertara que morrer custava caro quem tinha pompa em velório era filho de rico quem sabe o hospital cuidasse dessas coisas o negócio era relaxar mas quem consegue relaxar enquanto espera a morte¿ provavelmente o único a relaxar era o coveiro já acostumado com tanta desgraça

A enfermeira com a cara do Gonzáles chegou seis horas em ponto eu vi no relógio de pulso que ela usava nem me disse bom dia se existe algo que detesto nas pessoas é a falta de tato notei que o estetoscópio ficava bem no meio dos seus seios foi logo enfiando o termômetro na minha boca tirou novamente minha pressão anotou na prancheta enquanto isso seu bigode mexia de um lado para o outro pediu que eu me despisse o que eu fiz com um pouco de safadeza ela pareceu não se assustar com o meu pau ereto fiz questão de passar por trás dela de forma que a cabeça da minha rola encostou na polpa da sua bunda ela nem sequer se moveu não vi nenhum arrepio subir por sua espinha fiquei um tanto decepcionado pois imaginei que ela me deixasse enrabá-la não deixou com certeza pensou que fosse vontade de urinar me estendeu uma camisola aberta na bunda falou que eu evitasse esforço enquanto ela falava e auscultava meus pulmões esfreguei disfarçadamente o pau na sua perna ela continuou conversando eu gozei no instante em que ela enfiou a agulha na minha veia e eu não pude ver mais nada

Acordei uns dois dias depois da cirurgia primeiro tive a impressão que tinha morrido e ido para o céu mas desconfiei que o céu não fedesse daquele jeito e nem tivesse mictórios mal lavados nem comadres cheias de urina debaixo da cama olhei para o lado e vi Gonzáles sorrindo tive certeza de que não estava morto Deus não teria tamanho mau gosto um anjo desses assustaria qualquer um o médico disse que eu era mesmo um sortudo tinha nascido de novo se quisesse poderia até adotar um outro nome e quem sabe até ter um filho caso fosse solteiro quase não conseguimos estancar a hemorragia ficamos muito preocupados pensamos que tivéssemos perdido o amigo já estávamos pensando como faríamos para descartar o corpo você sabe quando temos pacientes sem nenhuma referência de parentes ou amigos próximos é uma dificuldade arranjarmos um lugar para mandarmos o corpo mas no final tudo deu certo nem precisaremos nos apoquentar com esses pormenores burocráticos você não acha que seria muito bom se os mortos evaporassem¿ a morte deveria ser um processo químico parecido com as bolinhas de naftalina seria um alívio para as instituições e para os parentes evitaria muita dor de cabeça isso não tem importância agora afinal você está novinho em folha quer dizer quase porque a perna ainda não melhorou não sabemos direito o que está acontecendo tenho uma suspeita um possível diagnóstico mas acho melhor sermos cautelosos não quero me precipitar nem tenho a intenção de assustá-lo precisamos esperar mais tempo para saber ele disse isso enquanto mascava displicentemente uma folha de coca

Não era preciso mais tempo nem ser um expert da medicina para descobrir que a minha perna estava em frangalhos já tinham se passado três dias e ela além de não melhorar estava piorando quase não conseguia senti-la eu podia ver grandes hematomas pretos por toda a sua extensão não era necessário ser um gênio ou um médico para saber que o negócio estava feio pra caralho Gonzáles não tentou mentir ou me animar com meias palavras pegou sua prancheta fez várias anotações e enquanto apalpava a minha perna constatou o cheiro que eu tanto reclamava vinha dela não era do quarto vizinho nem do banheiro ele sinceramente gostaria que houvesse outra coisa a ser feita um método menos radical mas até aquele momento ninguém inventara nada era evidente a necrose de algumas áreas e nesses casos apenas a amputação se mostra eficaz fiquei encarando Gonzáles eu esperava que ele soltasse uma gargalhada e afirmasse que aquilo era apenas uma brincadeira de mau gosto porém isso não aconteceu sua face não trazia marcas de zombaria ele estava falando sério deu uma pigarreada e continuou no entanto eu poderia ficar sossegado naquela noite e na próxima porém no terceiro dia ele teria que arrancar a minha perna e era bom eu aprender a rezar porque naquele lugar não havia mais nenhuma espécie de anestesia tudo o que tínhamos para aplacar a dor usamos com você o governo faz anos que não manda mais nada para esse hospital como já te expliquei aqui fica longe de tudo não há motivos para o governo nos agradar todavia não era preciso que eu me preocupasse em demasia apesar de estarmos distante de tudo somos ótimos produtores de cachaça há um alambique em cada esquina usaremos a bebida para entorpecê-lo não havia muito o que eu lamentar o negócio era eu fingir um novo desmaio e deixar o resto para o dia seguinte uma desgraça supera outra Augustina a essas horas devia estar dormindo em algum beco escuro decerto com as duas pernas

No entanto eu deveria me acostumar a ser manco o resto da vida agora a minha deficiência deixaria de ser apenas aparente seria real e palpável Gonzáles e sua irmã gêmea e barbuda não fizeram muita questão de me esconder a verdade é claro que não era necessário camuflar nada estava evidente que eu não ficaria muito tempo com aqueles dois belos exemplares de pernas definitivamente um iria para o lixo afinal era eu mesmo quem afirmava que se morre aos poucos pois bem uma perna já estava morta não morta e enterrada mas morta era bom que eu me preparasse para o momento da cirurgia Gonzáles foi bem sincero em relação às condições da clínica ali ninguém morreria para salvar ninguém se eu quisesse fazer a cirurgia teria que estar preparado para o pior não havia nenhum tipo de equipamento especial como cirurgião ele tinha as mesmas ferramentas que um marceneiro era bom eu tratar de não me assustar apesar de a farmácia do hospital estar uma vergonha por conta do descaso dos governantes ele era um bom médico praticava com prazer o seu ofício e tinha quase certeza de que poderia fazer o procedimento sem grandes danos ao paciente só não podia mentir dizendo que era tranquilo e sem riscos o primeiro dos riscos seria eu morrer de dor já que não havia mais estoque nenhum de anestesias mas se eu parasse para analisar um pouco e voltasse uns duzentos anos na história da humanidade eu veria que antigamente a anestesia era uma utopia se falassem àqueles médicos que havia um jeito de deixar os pacientes livres da tortura eles ririam da nossa cara isso significa que se os homens de outro tempo conseguiam sobreviver eu provavelmente também conseguiria além do mais ele faria questão de utilizar sua reserva particular de cachaça artesanal para ajudar a amortecer a dor talvez também conseguisse arranjar algumas folhas de jambu e uns três charutos cubanos fiquei me perguntando porque as pessoas apenas ficam solícitas com a gente quando estamos nas últimas Gonzáles parece que leu os meus pensamentos porque logo acrescentou mas não ache que estou fazendo isso por imaginar que vai bater as botas não é isso garoto quer dizer de certa forma é afinal uma das botas você vai poder aposentar confesso que achei a piada sem graça para a ocasião mas fiquei me deliciando imaginando eu deitado observando a fumaça vagabunda do charuto

Gonzáles chegou pela manhã todo animado quem o via naquele estado de euforia jamais deduziria que em minutos ele pretendia se armar com uma serra e decepar a minha perna esquerda cheguei a ficar raivoso olhando para os seus trejeitos de cachorro louco entretanto em poucos minutos eu voltei a minha respiração normal lembrei das lições valiosas contidas nos livros dos mortos nada como morrer algumas vezes por ano para descobrir que não há nada de assustador neste fato soletrei pausadamente a palavra perna e esperei que o doutor me desse uma explicação aceitável para o seu bom humor ele não se abalava com nada continuou assobiando uma melodia mexicana alterei meu tom de voz e ele continuou como se eu não estivesse ali prestes a perder uma parte valiosa do meu corpo respirei novamente eu tinha a esperança que uma hora a sua divertida manhã acabasse em um acesso de fúria não foi isso que aconteceu ele retirou algumas bolinhas cascas e raízes de uma caixa de metal e me estendeu fazendo menção de que eu experimentasse sem medo é óbvio que era impossível ser desprovido de medo perto de um ser monstruoso e frio como aquele para ser sincero os médicos são os seres mais insensíveis que conheço ele continuou com a mão estendida em seguida falou jurema preta

Fiquei cinco minutos olhando Gonzáles e juro que o seu bigode começava a me incomodar eu desejava que ele me desse uma explicação plausível para a sua loucura como ele não se mexia estava duro feito uma estátua dei um grito ele se assustou afastou um pouco o corpo de perto da cama no entanto continuou com os braços esticados a minha frente no começo não entendi nada pensei que estivesse dentro de um livro surrealista entretanto logo depois me recordei que nos terreiros de candomblé ou umbanda era comum o uso daquela planta algumas pessoas até acreditavam que os mortos se encarnavam nas árvores de Jurema de repente Stela apareceu ao meu lado estava calada e pálida tentei tocá-la porém ela se esquivou e desapareceu talvez quisesse me tranquilizar ou estava me dizendo para experimentar a raiz vi aquilo como um bom presságio comecei a entender o motivo da alegria de Gonzáles sim estávamos em um hospital sucateado sem nenhum recurso do governo não recebíamos ajuda de ninguém a não ser da enfermeira voluntária gêmea de Gonzáles mal tínhamos soro e glicose anestesia era um sonho distante por isso o doutor deu o seu jeito de arrumar as coisas já que consciente eu sentiria uma dor quase insuportável provavelmente se ingerisse uma porção considerável de jurema preta conseguiria aguentar melhor a serra decepando minha perna um arrepio percorria minha espinha só de imaginar o barulho da serra no meu fêmur tentei não reproduzir cenas manter o pensamento longe o melhor a fazer no momento era estender a minha mão em direção à mão do doutor e engolir um pouco do que ele me oferecia mas juro preferia que ele me oferecesse um uísque nacional e um charuto importado de preferência cubano

[Haverá um tempo em que os questionamentos serão abolidos todas as afirmações soarão como esdrúxulas os esqueletos dançarão uma valsa francesa sobre o solo roxo das bocas desarrumadas os músculos não ouvirão mais os estalos roucos dos tendões rompidos as mandíbulas tocarão nos seios intumescidos da morte as falanges tocarão dissonantes um tambor fúnebre os macacos continuarão catando piolhos nas cabeças etéreas das fêmeas e as mulheres sorrirão conversando sobre os buracos infecundos dos machos e as tautologias infindáveis do amor]

Perguntei se não era possível arranjar um pouco de bebida afinal decepar a perna deveria trazer alguma vantagem ao seu dono Gonzáles riu e disse que adorava o meu senso de humor já viu paciente se desesperar por bem menos eu era um bom menino com certeza viveria sem nenhum problema com a prótese aliás ele conhecia algumas pessoas que até se vangloriavam de possuir partes mecânicas se sentiam mais integradas ao novo mundo em que quase tudo funcionava à base de botões e ferramentas eles se consideravam uma espécie de ciborgue eu sabia que Gonzáles inventava aquela história cabeluda com o intuito de me conformar com o fato de perder os movimentos naturais de uma parte do meu corpo no entanto fazia muito sentido já estava conseguindo me sentir onipotente e já via Esther em um ato de cópula sensual lambendo minhas pernas de pau antes de ser enrabada talvez pensar nisso não fosse um boa ideia olhei para minha cintura e o meu pau estava duro feito um pedaço de tora olhei para Gonzáles ele assobiou fingindo não ver em seguida dirigi meu olhar à enfermeira sua irmã gêmea de bigode embora ela não tenha feito menção ao fato abandonou a sala Gonzáles saiu em seguida antes disse que me deixaria um tempo sozinho pois eu precisava preparar o espírito para o que viria em seguida completou dizendo que a enfermeira me ajudaria nos preparativos mal ele saiu e ela já estava na minha frente pronta para ajudar trazia uma bandeja de alumínio com várias bugigangas entre elas uma garrafa com um líquido verde e alguns pedaços de raízes de jurema preta estendeu as raízes e a garrafa exigiu que eu engolisse logo não era preciso pensar demais não havia nada de metafísico numa garrafa verde não quis discutir os filósofos sempre me irritaram enfiei a raiz na boca masquei devagar depois engoli rápido o líquido da garrafa era forte mas era bom olhei para baixo minha visão estava turva no entanto meu pau continuava duro a irmã gêmea de Gonzáles parece que finalmente percebeu senti certo constrangimento já estava preparado para o xingamento mas ao invés disso ela colocou a bandeja ao lado da cama tirou o avental e que corpo fenomenal escondia por baixo daquele pano velho estava só com uma calcinha branca minúscula de renda eu continuei deitado ela levantou aquela espécie de camisola aberta na bunda que eu estava vestindo virou o rabo para minha cara de forma que a única coisa que via era aquela bunda maravilhosa afastou a calcinha pegou o meu pau e enfiou na sua buceta depois cavalgou com gosto me segurei para não gozar rápido aquilo estava bom demais sabia que perder a perna teria suas regalias antes de gozar tirei o pau da sua buceta e enfiei com força no cu ela soltou um gemido bateu uma siririca e gozamos juntos ela saiu de cima de mim limpou-se com o lençol pôs a calcinha e o avental e saiu como se nada tivesse acontecido eu adormeci

Acordei com os dedos do Gonzáles estalando na minha cara vamos acorde acorde já está tudo terminado como se sente¿ quantos dedos está vendo aqui¿ como é seu nome¿ você sabe onde está¿ Quantos anos tem¿ Em que ano estamos¿ Estava zonzo com toda aquela falação por um instante não me dava conta do que estava acontecendo continuava com a imagem da bunda da irmã gêmea de Gonzáles na minha cara olhei e ela estava séria não entendi nada depois de uma foda daquelas ela deveria estar dando gargalhadas isso mexeu um pouco com a minha masculinidade resolvi não me importar eles continuavam me olhando esperando a primeira palavra da minha boca acabei com a expectativa e disse me tragam um cigarro cubano os dois finalmente esboçaram um sorriso Gonzáles tomou a fala que bom meu amigo que está bem você me assustou pensei que não voltaria três semanas desacordado arregalei os olhos tinha certeza de que tinha fodido sua irmã na noite passada olhei meu pau ele não mostrava sinais de rigidez Gonzáles retomou a fala e a sua perna¿ como está se sentindo¿ a perna ela ainda dói¿ já tinha me esquecido da cirurgia não se preocupe menino está tudo bem você vai sobreviver a sua perna já foi amputada está uma maravilha essa recuperação acho que o coma te fez bem veja ele estendeu a bandeja de metal na frente da minha cara olhe você já está corado novamente eu nem acredito nos deu um belo de um susto mas passou agora você precisa apenas esperar a cicatrização e depois achar um lugar para enterrar a sua perna tem algum convênio¿ algum parente morto¿ aquilo era ridículo demais como assim enterrar a perna¿

Dormi e acordei com a sensação inusitada de que estava dentro de um sonho maluco a última coisa de que me lembro é da bunda da irmã gêmea de Gonzáles e depois me recordo vagamente dele comentar sobre meu rosto corado e sobre eu enterrar minha própria perna não deu cinco minutos e Gonzáles entrou no quarto você é mesmo um homem muito forte quem diria que acabou de ter a perna amputada¿ Veja está muito bem está com uma cara ótima poderia até vender carnês de funerária ele fez a piada e ele mesmo riu do comentário estapafúrdio fiquei internamente me interrogando qual era o conceito dele de ótimo não demorou e Gonzáles voltou ao mesmo assunto de antes veja não quero te preocupar com coisas burocráticas você sabe que pode contar comigo estou com você porém infelizmente a vida também tem lá suas regras e suas esquisitices e elas precisam ser cumpridas aliás se eu fosse levar ao pé da letra os regulamentos você não poderia sequer abandonar essa instituição desacompanhado no entanto estou dando uma de cego e fingirei que fugiu de nossas vistas contudo em relação à perna bem não tenho muito o que fazer eles são bem rigorosos com essas coisas de pedaços humanos se fosse a perna de um cachorro ninguém daria importância mas a perna de um homem tem um outro peso eu sei o que está pensando que são hipocrisias mas não posso me responsabilizar por ela se tivesse algum parente morto por perto até te ajudaria eu não tenho ninguém a não ser minha irmã e como você viu ela está bem viva nesse instante a bunda fabulosa da irmã gêmea de Gonzáles parecia estar ao alcance das minhas mãos é isso meu querido amigo o hospital não pode se responsabilizar pelo enterro da sua perna e visto que não tem ninguém te acompanhando a única coisa que posso fazer é te arranjar uma caixa térmica com gelo para que leve a sua perna no local escolhido você prefere que a caixa seja azul ou roxa¿ Não temos muitas opções de cores por aqui... você deve ter alguém todo mundo tem um tio indesejado morto ou um primo que não se importaria em abrir a sepultura e colocar uma perna a mais no caixão bem como disse não quero te importunar com ninharias relaxe durma um pouco e quando estiver totalmente recuperado conversamos se quiser posso pedir que a enfermeira te acompanhe integralmente por uns dias pelo menos terá alguém para pegar o urinol a intenção de Gonzáles deve ter sido muito boa mas quando ele disse isso o meu pau endureceu na hora pois só consegui imaginar a sua irmã gêmea pegando o meu pau e direcionando ao urinol no entanto logo essa imagem foi embora e voltei a ficar indignado com a história absurda do enterro eu nunca tinha escutado nada parecido eu perco minha perna e ainda preciso enterrá-la como se fosse um natimorto¿ Aquilo era uma verdadeira comédia ergui levemente a cabeça puxei o lençol entretanto não consegui ver a perna amputada ela estava enfaixada desisti não havia muito o que ver afinal era só um pedaço de carne e osso que tinha ido embora ou melhor eu teria que levar para algum lugar e enterrá-lo era proibido jogar amputações no lixo hospitalar minha perna ganhou um novo status o de estorvo

Passaria vários dias em cima da cama antes de deixar o hospital mesmo que minha intenção não fosse esperar pela prótese teria que aguardar com paciência a cicatrização Gonzáles aconselhou que eu não fizesse esforços pois isso poderia trazer complicações ele não parecia muito preocupado porém eu estava cansado e não pretendia sair fugido dali queria esperar as coisas se acalmarem afinal eu tinha que encontrar Estela resgatá-la e levá-la comigo uma perna mal curada não ajudaria o melhor era eu esperar a colocação da prótese poderia então suspender o corpo de Augustina do caixão com parcimônia sem contar que eu terei de sair desse lugar com uma perna dependurada debaixo dos braços nunca pensei que estorvo fosse uma palavra tão adequada a certas situações levanto o lençol acima da cintura e bato uma punheta enquanto vejo a sombra da irmã gêmea de Gonzáles por baixo da porta

Já estava quase encharcando a cama quando a irmã de Gonzáles entrou ele não estava brincando sobre a sua irmã me acompanhar ela disse que estava ali para me auxiliar com a limpeza do meu corpo eu não precisava me sentir constrangido com aquilo era um procedimento normal todos os pacientes recebiam auxílio da enfermagem ela falando aquelas palavras pausadamente me faziam imaginar ela sendo enrabada por todos os pacientes ao mesmo tempo fixei os olhos nos seus quadris também me ajudaria com o urinol afinal não era uma tarefa fácil urinar com as mãos um pouco trêmulas devido à cirurgia além disso eu teria que ficar imobilizado por uns dias para que a recuperação fosse mais rápida não que a instituição me quisesse logo fora do leito no entanto havia muitos pacientes à espera de uma vaga então era interessante que eu ficasse bom rápido e zarpasse ela estava cheia de explicações no entanto era óbvio que eu não contestaria eu estava estourando concordei com a sua assistência inclusive eu precisava urgente de uma mãozinha ela olhou em direção a minha pélvis e pode ver o meu pau em ponto de bala ela inclinou a bunda em direção ao urinol eu a alertei que não se tratava de vontade de urinar e eu pude ver os bicos dos seus seios endurecerem por baixo do avental parece que ela tinha vindo preparada pois dispensou o sutiã olhei seus pés e pude ver a meia três quartos fiquei imaginando a sua calcinha no entanto assim que ela abriu os botões avistei os pelos pubianos cobrindo a sua buceta deixava à mostra apenas uma parte dos pequenos-lábios ela chegou mais perto subiu em cima da cama e colocou a buceta na minha cara lambi desesperado o seu clitóris e assim que ela começou a gemer enfiei o pau ela ganiu feito uma cadela

 Agora que estava confinado em uma cama de hospital Estela voltava com frequência aos meus pensamentos às vezes me irritava lembrar da sua hipocrisia do seu cinismo me impressionava os seus discursos me enojavam quem ela queria enganar com aquilo¿ ela era contra a ditadura contra a opressão a boca era instrumento de luta e ninguém tinha direito sobre sua língua sobre seus dentes sobre sua mordida sobre seu sopro lutava contra a fome dos etíopes colava cartazes no corpo para denunciar a situação das mulheres sírias sim uma libertina de esquerda no entanto ao meu lado ela jamais permitiu que eu deixasse o cabelo crescer ou que roesse o tutano dos ossos quando entrei com um cão dentro da minha própria casa onde ela era apenas uma visita fui escorraçado sim era fácil ser contra os ditames da sociedade e mandar à forca o próprio amante assim mesmo imaginava ela feliz trepando no meu leito

[Haverá um tempo em que todo método será um revólver engatilhado na cabeça do bandido e toda suposta verdade será uma centopeia embriagada de mil pés e a solidão ruminará discursos falsos nas cabeças dos hipócritas e todo tiro sairá pela culatra e os homens sãos tocarão a balada de um louco]

Apesar do gênio quase insuportável de Sther eu juro eu preferia que ela estivesse aqui comigo de preferência comendo uma maçã ou uma nectarina e se sustentasse calada e concentrada nas próprias mordidas e no som ruminante das mandíbulas pode soar um tanto estranho eu desejar a presença de Augustina e simultaneamente querer o seu silêncio quase uma incongruência já que ela não consegue ficar quieta tem que manifestar opinião sobre quase todos os fatos dos mais sérios aos mais corriqueiros mesmo que não saiba uma linha a respeito do que opina Augustina ao meu lado poderia me ensinar a andar novamente poderia dissertar com sua ignorância nata sobre as vantagens das próteses de polietileno ou o charme incontestável das pernas feitas de madeira de árvores silvestres ou sobre como as próteses eram caríssimas na Alemanha logo após a primeira guerra mundial contaria uma anedota sobre um gigolô que roubou a perna da amante diria que se eu tivesse paciência ela poderia fazer uma tabela de cores e depois escolheríamos a mais apropriada ao meu tom de pele mesmo que isso não fizesse muita diferença afinal ela nunca tinha me visto andar pelas ruas de bermuda em todo caso até para minha consciência eu poderia sugerir que a prótese e a perna natural não eram distintas eu escutaria com certa vergonha esconderia o rosto atrás da almofada não gostava de saber que me oferecia pela metade àquela mulher inteira e perfeita ela cuspiria disfarçadamente na sarjeta e depois limparia a saliva com o dorso da mão eu fingiria não ver não gostava dos movimentos ridículos e cotidianos que igualavam os homens em suas fraquezas

Eu queria deixar logo o hospital o cheiro de urina estava impregnado na minha carne embora algumas vezes me distraísse com as idas da irmã de Gonzáles ao meu quarto estava angustiado pensando de que forma Esther estava se virando sem mim com certeza estava mofando em um caixão improvisado quem sabe estivesse até sendo devorada por cupins e baratas voadoras eu não poderia ficar me divertindo com a buceta de qualquer uma enquanto ela sofria sozinha e provavelmente incapacitada de bater uma siririca além disso não consigo parar de pensar nos seus seios duros e arrepiados *cadáveres não se arrepiam* que grande bobagem! mal ela me via e seus peitos ficavam feito pedras era visível a quilômetros que toda a extensão da sua pele encaroçava e sua vulva intumescia eu daria tudo para me levantar e ir atrás de Estela enrabá-la nem que fosse pela penúltima vez nem que deixasse apenas seu rabo de fora e a encurralasse como se encurrala uma cadela quando eu penso nisso o meu pau endurece as veias latejam o engraçado é que às vezes acho que a enfermeira tem uma espécie de radar ela sente o cheiro da minha porra assim que ele está duro ela entra é uma fingida pega uma bacia e um pano úmido e começa a me lavar primeiro passa o pano nas minhas mãos nos meus pés na minha perna nas coxas depois lambe os lábios e suga meus mamilos em seguida pergunta se eu me importaria se ela lavasse o meu pau com a saliva nessa hora me esqueço quem é Estela assim que ela termina solto o jorro quente na sua boca ela se toca e geme baixinho depois limpa os cantos dos lábios com o dorso fatigado da mão

 Acordo com as costas doendo não aguento mais passar os dias confinado em cima da cama levanto o lençol para me certificar se os curativos da perna já foram trocados embora eu tenha quase certeza que não a irmã de Gonzáles não costuma vir até o meu quarto e não cobrar seu auxílio às vezes fico um pouco cansado ela é insaciável assim que descubro o corpo vejo o meu pau ele está esfolado se por um lado a minha perna anda melhor e cicatrizando o meu pau parece ter uma ferida exposta coloco a mão e sinto uma pequena ardência penso em chamar a enfermeira porém fico em dúvida se ela me ajudará ou agravará o problema de qualquer maneira ela pressente o meu chamado entra com um urinol na mão já adivinho suas intenções ela pergunta se não quero urinar antes do curativo digo que não estou com vontade bobagem a vontade vem depois que começamos eu vou te mostrar coitado anda tão entediado nesse quarto ela fala enquanto levanta o avental sobe em cima de mim vira o rabo na minha cara e com piedade enfia meu pau nos seus dois buracos ainda sinto uma ardência mas não consigo parar de gozar naquela bunda fabulosa

Fazia sete semanas que eu estava confinado naquele hospital atado naquele colchão de mola de péssima qualidade saía apenas no final da tarde para tomar banho de sol pois Gonzáles deixou claro que era necessário manter alta a dose de vitamina D no meu organismo caso contrário poderia sucumbir eu concordei mesmo porque era a única hora em que deixava a cama e podia ver a luz do dia além disso me deixavam sozinho por quase uma hora e eu gostava de apreciar a minha própria companhia embora a minha perna não doesse como antes eu não tinha muita esperança de deixar a instituição começava a desconfiar que eu era um refém ali e toda aquela história de medicina e dever era balela Gonzáles deveria ser um homem bomba ou algo do gênero com certeza queriam tirar algo de mim só ainda não descobri exatamente o que era no entanto logo as minhas desconfianças foram pro espaço a irmã gêmea de Gonzáles entrou estava com a cara fechada franzia discretamente a testa vi que trazia um embrulho grande nas mãos antes que eu tivesse tempo de perguntar do que se tratava ela se adiantou disse que eu deveria ficar eternamente grato ao seu irmão pois ele tinha gastado uma fortuna metade de suas economias para me conseguir uma prótese ela prosseguiu eu não sei o que você fez ou falou porém decerto o conquistou essa é a melhor prótese que temos no mercado hoje em dia não se acham outras tão semelhantes a uma perna humana como esta você deve estar feliz afinal a sua perna já está cicatrizada e assim que aprender a andar de forma eficiente com a prótese poderá deixar o hospital poderá nos deixar nunca mais ouviremos falar sobre você e suas histórias malucas a irmã de Gonzáles não se mostrava nem um pouco feliz com a minha recuperação nunca a vi tão irritada pensei que ela pegaria o urinol e perguntaria se eu queria uma mãozinha no entanto ela apenas apontou em direção ao banheiro disse que eu já estava em condições de ir sozinho e deveria começar a andar devagar com a muleta para desenferrujar eu não dependia de mais ninguém olhei através do seu avental ela estava de calcinha e sutiã suficientemente grandes adivinhei que hoje ela não estava para brincadeiras esperei cessar o ruído dos seus sapatos pelo corredor infinito tirei o pau e bati uma punheta lembrando da sua visita passada e dos seus pequenos-lábios roçando minha pélvis

No outro dia comecei a andar de um lado ao outro do corredor com as muletas queria estar logo curado não suportava mais ficar longe de Esther comecei a dispensar o urinol assim que minha bexiga enchia pegava as muletas e andava até o banheiro claro que essa nova fase não foi muito fácil estava bem acostumado a sentir as mãos da irmã de Gonzáles no meu pau duro e esguichando mijo quente no entanto era bom eu esquecê-la depressa Estela não suportaria que eu a enrabasse estando com outra mulher na cabeça afinal ela não estava morta fui me distraindo nos dias seguintes com as andanças pelo corredor e até o jardim em menos de duas semanas já consegui colocar a prótese ela se adequou perfeitamente a minha compleição física era evidente bastaria apenas mais alguns dias e eu poderia cair fora do hospital Gonzáles quase não aparecia para me visitar estava evitando a minha presença talvez tivesse dificuldades com despedidas ou quem sabe tenha arranjado algum paciente mais interessante entretanto seu esconderijo não durou muito tempo fico contente que tudo tenha dado certo e a prótese¿ Ela te agradou¿ Era como pensou¿ Está incomodando ou já consegue andar normalmente¿ Claro que eu não tinha motivos para contrariá-lo não gastaria meu latim nem seus ouvidos falando sobre as diferenças de uma prótese e uma perna natural todos os músculos articulações tendões eu devia a minha recuperação a ele e a sua irmã gêmea agradeci imensamente a prótese mas deixei claro que infelizmente não poderia lhe restituir o dinheiro se existia algo que não sabia fazer era ganhar dinheiro embora fosse mestre em perder deixa de conversa menino ninguém aqui está te cobrando nada a perna foi um presente e fico feliz que tenha te servido tão bem não é sempre que temos a oportunidade de ajudar alguém me sinto recompensado vendo que está melhor do que o dia em que entrou aqui na realidade só estou vindo para me despedir antecipadamente e quero que escolha a cor da caixa que levará a sua perna original ela está no freezer do hospital porém não poderei deixá-la lá por muito tempo como já havia conversado com você anteriormente temos uma caixa azul e uma roxa você tem alguma preferência por cor¿ Não se preocupe com essas bobagens coloque em qualquer caixa desde que não seja muito pesada afinal terei que andar muitos quilômetros até encontrar Augustina tudo bem deixarei tudo preparado amanhã cedo pedirei à enfermeira que a traga aqui para você e é isso a sua alta já está dada

Admito fiquei ansioso e não preguei os olhos a noite toda escutei o barulho dos passos da irmã gêmea de Gonzáles pelo corredor assim como escutei os seus gemidos com certeza já estava dando para outro paciente por isso quase não se preocupava em verificar se estava cheio ou vazio o urinol imaginei que ela ficaria no meu quarto para se despedir no entanto estava enganado ela chegou apenas pela manhã com a caixa roxa nas mãos achei a imagem um pouco mórbida enquanto ela se abaixou e colocou a caixa no chão olhei de esguelha o seu rabo continuava fabuloso fiquei com o pau duro na mesma hora mas permaneci calado ela perguntou se eu queria usar o banheiro ou preferia o urinol claro que preferia o urinol ela abriu com calma a braguilha nem precisou de esforço o meu pau estava duro como uma tora coitadinho deve ter sentido falta da minha mãozinha fiquei tanto tempo sem auxiliá-lo enquanto ela sussurrava o lamento eu a puxei em direção ao meu corpo abri o avental e mordi com força os seus seios ela gemia gostoso coloquei os dedos na sua buceta ela estava encharcada desci da cama devagar um pouco preocupado com o desempenho da prótese puxei seus cabelos e a coloquei de quatro pedi que apoiasse as mãos na cadeira enquanto eu fizesse o trabalho ela obedeceu empinou a bunda e eu enfiei primeiro na sua buceta e quando senti seu cu piscando enrabei ela com força foi a última vez que fodemos peguei a caixa nem procurei o Gonzáles atravessei o corredor eu sabia que jamais os veria novamente

Foi muita ingenuidade da minha parte acreditar que poderia sair impune do hospital por um breve momento pensei em voltar para trás fui muito burro em imaginar que todos os problemas estavam solucionados que aqueles idiotas fardados não me achariam mais já os imaginava a dois palmos debaixo da terra e com a grama a trinta centímetros dos seus caixões não foi isso que aconteceu assim que percorri o último corredor da instituição e coloquei meus pés do lado de fora eu pude ver que eles estavam plantados ali há meses os avistei com suas roupas verde--musgo os seus rifles ameaçadores descansavam nas cinturas fumavam feito chaminés não demoraram a me reconhecer eu que considerava ter um rosto comum a eles a minha fisionomia era inconfundível eu sabia era evidente eles continuariam com o mesmo interrogatório com os mesmos métodos ansiosos que algum juiz assinasse o veredicto eu me isento de culpa

Morto e enterrado ela sempre se referia assim a mim achava que era mais fácil acabar de vez com os problemas morto e enterrado acreditava que solo ruim não adiantava ser adubado as coisas precisam ser extirpadas sem piedade morto e enterrado desde a primeira briga morto e enterrado ela ganiu essas palavras depois pedia desculpas como se a boca possuísse vontade própria e homem algum deveria ser julgado pelos impropérios que soltava na hora do ódio morto e enterrado era preciso ser surdo nas horas certas ou viver remoendo porcarias morto e enterrado eu não perdoava entretanto colhia jabuticabas maduras e colocava em sua boca e esperava a explosão e o esquecimento mas para meu desespero havia em minha extensão uma memória que não escolhi uma memória que me foi imposta e era essa memória que chicoteava o meu corpo

Morto e enterrado você gritava antes do sufocamento morto e enterrado como se você pudesse subtrair de mim a língua de ofídio responsável pelos seus gemidos morto e enterrado você enfeitava meu corpo com as pedras porosas que seu rim cultivava morto e enterrado você submeteu minha epopeia a sua sintaxe perversa morto e enterrado e os meus braços distendidos sobre o tronco da laranjeira e as órbitas fendidas reparando naS ferrugens que se espalhavam sobre os frutos verdes e meus dedos tentando alcançar as redobras da sua vulva morta e enterrada

Vamos pare agora com esse chororô a culpa foi toda sua nenhum homem toca num fio de cabelo de uma mulher se ela for obediente ficar calada mas parece que as mulheres são incapazes de controlar a língua você deve se lembrar de como eu a tratava bem no jardim de infância isso porque você merecia você não abria a merda dessa boca depois cresceu e deu para pensar sim você achava que pensava ah meu Deus a maldita metafísica a esnobe ontologia dos imbecis mal sabia que seus melhores pensamentos eram uma falsificação fajuta dos pensamentos de homens do tempo da pedra lascada estou esperando ajoelhe e me peça desculpas pelo seu sufocamento meus dedos estão calejados do seu pescoço fino e feminino a sutileza ardilosa das fêmeas

Quem sou eu¿ Eu poderia citar histórias e mais histórias dos meus ancestrais contar cada detalhe de suas vidas mesquinhas do tempo em que catavam gravetos das primeiras fogueiras das panelas feitas de barro das crianças defeituosas que eram sacrificadas poderia contar detalhe por detalhe até chegar a minha irmã adotiva que mora na rua de cima no entanto nada disso seria suficiente a clareira da sua lanterna ainda queimaria meus olhos nada que eu narrasse poderia me inocentar do fato de eu ser um estrangeiro e veja bem não sou qualquer estrangeiro eu sou um estrangeiro que caminha pelas mesmas ruas esconde o lixo podre nos mesmos becos corta caminho pelas mesmas vielas e traz o mesmo rosto mal lavado eu sou um estrangeiro que deita todos os dias na sua cama enfia o pau duro no rabo respeitável da sua esposa e mija no seu urinol e caga onde nem mesmo seu pai ousaria cagar apesar disso tenho medo e sinto o seu rifle gelado ameaçando minha nuca

Quem eu sou¿ Eu poderia dissecar os esqueletos de toda a minha árvore genealógica exumar os corpos dos meus parentes mais próximos exigir novas autópsias escarafunchar os meus genomas e os dos meus pais adotivos estudar as nomenclaturas de cada minúsculo osso de suas faces desenterrar os seus dentes permanentes examinar o excesso de leucócitos em suas urinas sussurrar por horas pornografias das mais descabidas no seu ouvido treinar cinco posições do kamasutra te ensinar sobre os gânglios que aparecem na virilha sobre as doenças venéreas que acabaram com a alegria debochada dos bordéis sobre os distúrbios das crianças famintas sobre os homens que se alimentam de caranguejos retirados da lama contar sobre as fuligens que cobrem os vidros dos manicômios sobre os loucos que trepam feito coelhos dissertar sobre os homens que caminham sobre os pulmões devastados de outros homens falar sobre o desaparecimento gradual das mariposas brancas te fazer ouvir os ruídos das fábricas de papel que ficavam ao lado da casa de meus avós relatar como o desejo sexual insaciável dos ratos acabou dizimando centenas de aleijados na idade média no entanto nenhum desses fatos faria sentido eu sou um estranho um animal exótico um macaco que de repente conseguiu dominar porcamente a linguagem e eu sinto uma parcela ínfima da humanidade me observando pelas frestas das minhas vértebras puídas

 A poética da discórdia sim era disso que eles entendiam pareciam reles soldados mas na realidade eles estavam ali dispostos ao redor do meu corpo a fim de me roubar a paz a paz que demorei anos para conseguir gritavam com seus megafones Onde está Esther¿ Quem eles achavam que eram para me interrogar para cuspir rente a minha boca¿ Eles têm hálito de carniça são grandes hienas sim é isso que eles são nem mais nem menos Vamos idiota onde você escondeu o corpo¿ Você vai esperar mesmo remexermos todos os escombros da cidade¿ Por acaso você acredita que existe crime perfeito¿ Uma hora acharemos o corpo de Augustina e você será desmascarado Don Juan de araque Ande logo não temos tempo temos milhares de casos semelhantes ao seu para resolver Sim números é só isso que interessa a eles eles não se importam com o bem-estar de Ester eles não conhecem o rosto de Estela ela é apenas mais uma nas suas estatísticas de casos mal resolvidos como eu poderia saber há muitas formas de se permanecer ou se esconder no mundo eu não poderia responder pelo sumiço de Estela decerto não podia meus dedos serviram de corda para seu pescoço entretanto antes disso sua buceta serviu para calar minha boca e minha retórica falida e quantas vezes fomos interrompidos e eu não pude pronunciar uma palavra porque minha língua estava enclausurada no seu gozo¿ Quem é o carrasco¿ Vamos me diga agora!!!! Não respondo por Estela sem antes que Esther responda por mim

Vocês eram hipócritas demais para entender o tipo de relacionamento que eu e Esther mantínhamos higiênicos em excesso agiam como se não fossem capazes de cagar após uma refeição farta andam de terno e gravata em pleno domingo o lustre de seus sapatos fazem minhas vistas doerem não finjam que são os advogados de Augustina ela no domínio perfeito de seu juízo não permitiria que bocas imundas pronunciassem seus desejos ela nunca quis um porta-voz ela era onipotente não precisava de ninguém muito menos de uns pulhas como vocês ainda ousam afirmar que vocês estão representando Estela ainda têm coragem de dizer que procuram a mão que enforcou o seu pescoço¿ desistam Esther estava acostumada ao contorcionismo das minhas falanges não queiram me convencer que agora seu pescoço está destroncado devido a fadiga dos meus dedos minhas unhas ainda descansam ao redor dos seus gânglios inchados

[Haverá um tempo em que os desastres naturais serão exterminados da terra a guerra será o nome de um trevo de cinco folhas as armas nucleares explodirão em países de ninguém as meninas sírias tocarão seus clitóris sem culpa e sem Deus as burcas servirão para proteger as faces das abelhas africanas e para confundir os homens ignorantes]

Infelizmente vocês eram burros demais não conseguiam fazer a pergunta correta ignorantes perdidos entre estatutos e leis fajutas leis que serviam apenas para ensinar o jeito correto de abotoar o paletó ou de sentar no vaso sanitário ou amarrar os cadarços homens cínicos à procura de falos de outros machos homens sujos e falastrões caídos nos mictórios das praças públicas ensaiando discursos vazios e cheios de pompa então vocês querem que eu traga o corpo de Esther aqui¿ Vocês acham mesmo que os estigmas que ela traz na superfície da pele fui eu quem forjei¿ Filhos da puta hipócritas foram vocês ditando regras absurdas um homem pode mesmo tirar um lençol do bolso sem enroscar os pés¿ Pois se vocês querem que eu diga onde está Estela primeiro quero que me mostrem a certidão de nascimento de Augustina só assim saberei que ela estava viva não posso ser acusado de matar uma mulher que nem sequer nasceu vamos eu exijo provas não me contentarei com parcas palavras Agustina jamais existiu não é mesmo¿

Vamos esqueça tudo o que vocês me fizeram acreditar antes desse domingo sem sol é fácil enganar um estrangeiro um homem exilado não conhece as regras ignora as leis parem com esse jogo besta chega de expectativas vamos eu não vou esperar mais nenhum minuto eu sei muito bem que vocês sabiam sobre a minha chegada eu vi as lamparinas acesas não finjam que nunca escutaram falar a meu respeito eu tenho certeza que Agustina não me esconderia de vocês vamos o que Esther falou a meu respeito por que vocês fingem ser surdos por que ficam simulando esse dialeto irrisório¿ Não acham que vou desistir tão fácil vamos logo abram o túmulo ou eu mesmo terei que abrir vamos estou cansado de esperar me mostrem a cara da defunta vamos não finjam repulsa pelas coisas que morrem e apodrecem na margem ociosa da terra não foram vocês mesmos que afirmaram que ela jamais se deitaria com um homem do meu calibre¿

então provem que eu não posso conquistá-la depois de morta Augustina me amou nos seus melhores anos e se resolveu fugir a culpa não foi minha foi do tédio o tédio tem derrubado homens grandes e fortes quanto a mim não me rendo a ele quando penso em me suicidar planto margaridas e as espero nascer gerânios não gerânios lembram lápides abandonadas e isso me levaria à boca cheia de dentes do tédio margaridas ou marias-sem-vergonha apenas

[Haverá um tempo em que homens não-nascidos socarão a face inversa do ventre vazio e alimentarão a fome dos meninos mirrados os cavalos evitarão coices durante as noites de inverno os pássaros entoarão uma melodia sem notas graves os pardais farão ninho longe das cabeças poluídas dos loucos as quaresmeiras exibirão suas cores as moças mostrarão as coxas rechonchudas por baixo das saias godê os membros eretos desviarão de toda tentação de qualquer ignorância e exaustos fecundarão as flores que costumamos chamar de amores-perfeitos]

Então quando eu estudo meticulosamente cada um de seus passos quando eu sei exatamente quais são os seus métodos vocês decidem mudar sim vocês se acham bem espertos vocês são os tipos de homens que não sobreviveriam sem um manual de instrução um bando de paus mandados acham que me julgando podem fugir do meu julgamento acham que me colocando como réu primário dos meus crimes eu jamais poderei descobrir os crânios esmagados debaixo da cama agora vocês perguntam sobre ela esqueçam Esther não merece ser sequer mencionada perto do ouvido imundo de vocês querem que eu confesse querem que eu fale sobre o outro enquanto o meu pensamento ainda está embaralhado sobre a ignorância da extensão do meu corpo passo a língua no canto da boca ainda me sinto anestesiado tento uma masturbação mas meu pau não endurece

Vocês podem continuar com esse método perverso de tortura podem continuar apertando meus mamilos podem arriar minhas calças podem colocar suas bocas imundas no meu pau podem lavá-lo com suas salivas de merda mas não esperem uma ereção não esperem que o meu pau arrebente seus rabos vocês podem corromper meu corpo mas ele não corroborará com suas sandices mantenho meu pau flácido e esta é minha maior vingança e esta é a maior prova de que não podem me subjugar chupem o tanto que quiserem não terão a minha porra

[Haverá um tempo em que todo discurso será inútil e todos os holofotes cairão sobre o silêncio das bocas derramadas e nenhuma ameaça rasgará a pele dos homens e palavra alguma será capaz de derrubar o membro ereto do macho os cavalos relincharão felizes depois do gozo e descansarão os cascos no dorso das éguas brancas e não existirão selas nem cabrestos e em todos os buracos e em todos os cantos reinará o amor fácil das fêmeas]

Eles continuavam com a luz forte rente aos meus olhos queriam queimar minha retina como se a cegueira a perda de um sentido me fizesse recuperar a lembrança homem nenhum deveria ser escravo dos seus cadáveres passados eu não era jamais seria eu não responderia por um crime que ocorrera antes do pôr-do-sol de hoje se o futuro pertence a Deus o ontem pertence ao Diabo e eu não me misturo aos porcos Vamos desembucha o que você usou vimos o tamanho da bala sentimos o calibre o rombo entre uma vértebra e outra por que o estrangulamento então¿ O que você esconde¿ Nada já disse não escondo nada sou um homem sem cérebro não tirarão nada de mim desistam assassinei todos os meus antepassados trago sob o véu a cara esfolada

Eles tinham a ilusão que tirariam nomes e mais nomes da minha boca calculavam que eu tremeria diante de um cano longo de uma pistola de plástico e de um Estado decadente falavam em nome de um povo ignorante ataram minhas mãos atrás de uma cadeira de madeira maciça enfiaram minha cabeça em um balde de água suja uma corja sim era isso que eles eram criminosos camuflados atrás de uma farda já eu sempre estava à paisana esperando a hora certa de agir não eles não tinham o direito de me interrogar sobre o assassinato não eles que tinham as mãos mais encardidas que a minha enquanto isso Estelinha soltava pequenos sopros pelo ânus morrer era mesmo um martírio principalmente para quem só estava acostumada à vida

Para não ser arrastada por um monólogo vazio enquanto eles cuspiam discursos geniais tentei silenciar no entanto até meu silêncio era uma repetição ordinária do silêncio dos meus ancestrais olhei para trás e eles desencaixavam os cotovelos dos braços pude sentir um grunhido atravessando minha traqueia Tossi e cai de novo na banalidade O lobo branco me observava

Tinha medo dos discursos e das palavras vagas eu sabia que os gemidos e as sílabas soltas poderiam transformar qualquer conversa em um teatro trágico por isso evitava utilizar minha garganta muitas vezes tive rompantes de genialidades mas todos eles fracassaram e quando terminava depois de horas minha boca estava seca minha língua rachada e as aftas tinham aumentado e ao redor eles gritavam é só um louco e a loucura é mal compreendida

Estendo minha língua em riste ao redor dos seus mamilos e pássaros de pedra planam sobre seus seios montes de solitude acidente geográfico porque não sou mudo exigem que minha boca profira discursos banais no entanto os discursos nascem e morrem afogados na afasia da saliva você abaixa a calça e indica o buraco da redenção como se não soubesse que não existe salvação para os homens escorraçados entrelaço meu pau nas suas pernas a carne é forte músculos estriados não falamos todo som se arruína em uma tola dialética da catástrofe

Sim não diga nada fique calada escutando a harmonia que nunca vem e de pensar naquelas tardes letárgicas em que confiávamos nos acordes e nos teclados agora consigo apenas sentir o cheiro que começa nos bicos dos seus seios roxos e se espalha até o púbis você e a crença de que os fantasmas tinham o cheiro enjoado das flores e que a carne das assombrações eram inodoras a mesma qualidade esperada da água pura estava equivocada mais uma vez a natureza te brindava com a carniça branda dos dias e bem querida Sthela sabe aqueles ratos que matava e escondia no porão¿ Sim são eles eles estão aqui por baixo da sua carcaça eu posso ouvi-los guinchando a pequena música dos ratos mortos e inofensivos

Sei Stela que agora traz os olhos embaçados de morte e eu juro que não te culpo por isso mas você se lembra de quando esmagávamos as formigas que se aproximavam de nossos pés ou quando disputávamos as goiabas maduras antes de espatifarem no chão¿ lembra de quando ficávamos embaixo das cerejeiras e fazíamos amor¿ Quando Oriente e Ocidente se confundiam e o Japão era apenas um sonho distante um ponto difuso no mapa e nem conhecíamos os segredos estranhos das cartografias¿ Nos amávamos não desses amores imundos que desabrocham depois que a infância acaba era um sentimento inocente eu tocava com as mãos a sua buceta e ela ainda não trazia o melado da luxúria você lambia meu pau mole e ele se assemelhava a um cordão umbilical como se o umbigo tivesse descido para as pernas e você de repente soluçava desses soluços que só a manhã abriga

Eu juro Esthela que dessa vez não a deixarei fugir nem a deixarei sozinha com os monstros que habitam dentro do seu guarda-roupa me perdoe por tudo eu catarei sozinho uma por uma das bolinhas de gude que te roubei você sabe nunca soube perder mas aprendi com maestria a enganar ludibriar tenho que te contar agora que mantém os olhos cerrados e não me encara com reprovação não era mágica eu fazia pequenas marcas a lápis nas cartas não adivinhava nada decorava os naipes e você tão ingênua me beijava animada como se eu fosse o coringa o homem mais especial do bairro sinto muito não era eu era um trouxa eu era uma carta fora do baralho

Não me olhe como se eu estivesse morta e enterrada não me venha com seus dramas de pequeno-burguês nem tente me ludibriar com as suas leituras de Kafka e Dostoievsky muitos imbecis tentaram se inocentar apresentando suas bibliotecas impecáveis ao juiz não estou morta nunca me senti tão viva durante muitos anos mantive os olhos fechados às coisas que aconteciam ao meu redor eu acordei se eu fosse você apalparia o próprio corpo para ter alguma certeza sobre quem é o cadáver aqui não me faça passar por idiota na frente das pessoas descubra meu corpo deixe que eu mostre meus seios vamos não tenha ciúmes ou você é tão tolo a ponto de pensar que você foi o único a chupar meus mamilos¿ Me dê suas mãos agora coloque sua língua nos meus bicos sente como está arrepiado¿ Cadáveres não se arrepiam me cubra como antigamente antes da madrugada apodrecer

Me poupe das suas mixarias eu sabia quem era você desde o princípio sabia que era um fruto bichado e você talvez se pergunte se eu estava ciente de tudo porque cravei o dente com vontade sim eu assumi os riscos você me lembrava as goiabas suculentas do quintal da minha infância embora fossem mirradas eram brilhantes e amarelas subíamos nos galhos mais finos mesmo sabendo que eles poderiam ceder com o excesso do nosso peso a desejávamos faríamos mil trapaças para consegui-las e quando as tínhamos nas mãos mordíamos com gosto no entanto mal chegávamos na terceira dentada e encontrávamos o miolo preto não não era a primeira goiaba que colhíamos porém no fundo achávamos que encontraríamos uma ainda não arruinada pelo descaso foi a mesma sensação quando te vi pela primeira vez eu quis acreditar que você era um homem não devastado eu via um escombro e ele não estava apartado de você e agora ele se estende a mim e eu sucumbo

[Haverá um tempo em que todo pensamento será tola pretensão as aranhas não tecerão mais suas teias não precisarão mais engolir insetos as opiniões cairão por terra e as sílabas bailarão libertas na saliva dos loucos e dos ladrões as letras seguirão aleatórias cartografias inusitadas a solidão não reinará na cabeça dos poetas os escritores não procurarão nenhum vocábulo os discursos serão escritos sem discórdia sorriremos felizes porque nenhuma cabeça precisará ser arrancada para que as palavras encontrem a envergadura da linha reta]

 E eu só queria embalar seu cérebro evitar qualquer palavra de escárnio-escândalo no entanto seus ossos estalavam ao menor murmúrio e qualquer sílaba descuidada te provocava assombro os músculos da sua face tremiam e eu procurava com minhas unhas afiadas deter seus gritos entre minhas mãos e tua boca havia uma película que não podia ser transgredida.

 Você me estendeu os dedos e as garras afiadas e o seu gesto provava que eu era um aborígene e eu não mostrei resistência ofereci a jugular e quando sua mandíbula gravou os dentes na linguagem você trazia a saliva nas palavras retalhadas e o veneno na cauda adestrada.

 Mas acabou não me obrigue a te pedir para ir embora agora acabou feche esses botões da blusa não quero mais lamber seus seios abaixa a saia eu não vou te foder de novo meu corpo não suporta mais do que uma transa por noite apenas os adolescentes fodem como coelhos porque seus corpos ainda não trazem a dimensão trágica da vida as varejeiras que rondam suas vértebras jovens existem apenas como virtualidade já despejei na sua buceta o desespero das últimas 24 horas se eu continuar tocando seus mamilos regurgitarei cadáveres em avançado estado de decomposição não espere que eu sacie a ânsia das suas glândulas vaginais elas estão inchadas de vontade que se dane use as suas mãos e esqueça as minhas da primeira vez eu sentia o cheiro das laranjas da pérsia grandes suculentas exóticas no entanto meu olfato começa a intuir o esterco as galinhas ciscando as tênias e solitárias embaralhadas nas vísceras dos bois magros o cheiro ácido das mexericas mal podadas e seus tamanhos não ultrapassam o tamanho dos limões vinagre

[Haverá um tempo em que rosnarei junto ao seu cadáver e todos os anzóis voltarão fardos dos pesos dos peixes e eu velarei os poentes e eles serão resquício-ferrugem das madrugadas brancas e o seu peito arfará e eu fumarei seus pulmões e descansarei minha pele sobre as cobras vivas e minha boca será a carcaça das palavras que não disse]

E por mil anos você sofrerá as consequências da minha renúncia as partituras ecos ecos ecos o cavalo segue o trote a voz do comando quem é o verdadeiro culpado pela bala que estourou seu cérebro¿ eu ele você ou os nãos jogados na minha cara lambuzando meu corpo de desprezo¿ sim era um sim que eu esperava quando abria a porta e via suas coxas jogadas em cima da cama mas num ímpeto feminista você cruzou as pernas e impediu que meu pau entrasse o que esperava depois disso¿ que eu implorasse¿ não eu não imploraria por mil anos você sofrerá as consequências da sua recusa

Mas há um pássaro louco origami de papel voando na inocência do meu peito e ele não sabe dos amores dos ritos dos escarcéus da escória dilatando os vasos e dos desterros e do exílio e das músicas fúnebres e das notas graves flutuando na minha língua partitura caótica de ninguém

As mulheres da cidade contavam histórias exorbitantes sobre a mangueira não se enfureça não esquente com mixarias você conhece melhor do que eu as bocas venenosas das mulheres e das cobras conhece o chocalho que elas trazem pendurado na buceta comentavam que a árvore de Alice não parava de crescer era podada toda semana e toda semana renovava suas folhagens assim Alice sempre tinha um homem para ludibriar diziam que Alice enroscava as pernas em torno do tronco e emprestava àquela árvore maldita a fertilidade do seu útero não sei nada disso entrei apenas uma vez naquele quintal e vi apenas uma sombra raquítica enquanto Alice com sua língua molhada lavava meu membro que lavava seu palato vi apenas uma sombra anêmica e pernas e braços monstruosos feito a imagem de uma tarântula

Alice ou Esther ou Augustina não importa dê o nome que mais lhe agrade não era má só não estava acostumada ao nonsense da vida na cabeça dela as coisas deveriam ter um sentido mesmo se fosse um sentido vagabundo ela não fazia questão de dar ao mundo uma explicação metafísica ou transcendente tampouco sabia sobre ontologias para ela bastava saber que depois de morta encarnaria numa puta ou numa pedra ou numa mosca varejeira mas ninguém a tinha convencido sobre metempsicose de forma que ela se viu na vida abandonada sem saber o que fazer com o corpo com as mãos os pés os braços os quadris a bunda o peito suculento e se era para terra comer até os seus olhos desde da infância ela se assustava ao escutar 'esses olhos que a terra há de comer' impressionada com essa carnificina fatídica desde nova resolveu doar aos homens o que era de direito da terra e toda vez que via uma caralho não titubeava oferecia a boca as mãos a bunda e quieta contabilizava os anos e a solidão era uma ideia esnobe e vaga

[Haverá um tempo em que te ouvirei ganindo exilado-amnésico um cão torpe embaixo dos figos podres e eu contarei as feridas alastradas no tronco roxo contarei os vasos rompidos lamberei seus pés percorrerei a língua por suas varizes expostas ao vento e esmagarei os pequenos carrapatos grudados nos seus músculos você balançará a cabeça em sinal de agradecimento e eu cuspirei no seu chapéu verde musgo e você saberá que amor e cólera são sístole e diástole]

Eles não desistiram me amarraram na cadeira continuaram com o holofote queimando a ponta branca dos meus cílios ameaçaram utilizar o polígrafo ninguém conseguia fugir à eficácia da máquina porém chegaram a conclusão que a força física é a melhor forma de coagir os imbecis e os fracos no entanto eu não era fraco nem imbecil suas perguntas ecoavam nos quatro cantos das paredes e não obtinham respostas enquanto isso eu calculava a medida dos ângulos ostracismo ostracismo um deles repetiu cinco vezes essa palavra eu fingi um desmaio que veio com o tempo

No entanto eles não desistiram jogaram um balde de água fria em cima de mim e continuaram me perguntando sobre as coisas que ocorreram naquela noite como se fosse possível eu controlar todas as máscaras trazidas na cara foram anos de lixamento para que meu rosto se parecesse com todos os outros vocês acham mesmo que darei todos os nomes¿ Vocês por acaso sabem o que acontece com caguetas na quebrada de onde venho¿ Vocês acham mesmo que podem me intimidar inflando o peito e usando bonés verdes¿ Sabem quantos rifles já ameaçaram explodir meu cérebro¿ Não vocês não sabem da onde vocês vêm o piso é de porcelanato mancha fácil eu já arranquei a cabeça de gente safada por muito menos oitocentos reais compra uma vida o que me diz¿ O que fará com seus tais métodos de coerção¿ Eles me olhavam desconfiados e eu tirava os caroços da maconha depois abri o zíper deixei o pau endurecer nas minhas mãos e mijei em suas botas lustradas

[Haverá um tempo em que todas as serpentes serão aladas e os homens rastejarão com suas mãos de cajado mortos velando seus minúsculos cadáveres diários A anatomia e os discos trincados das cobras quando ele falava eu podia ver a língua bífida por baixo dos dentes grandes a saliva escorrendo nos cantos da boca suas vértebras sinuosas a pele gelada as cobras têm o mesmo gosto dos peixes e dos frangos eu a comeria agora mesmo sem dó nem piedade enrolaria seu corpo em meu braço e esperaria a gangrena que viria antes do pôr-do-sol]

Primeiro senti o sangue escorrer do nariz em direção ao meu lábio fendido depois disso percebi eles me chutaram com as botas lustradas as mesmas que mijei poucos minutos antes você terá que abrir essa boca idiota não estamos pedindo que denuncie ninguém queremos apenas o seu relato é de você que falamos não estamos preocupados com a porra de amigo nenhum é você e a merda que fez isso sim nos interessa queremos saber o que fez com ela enquanto eles insistiam em me colocar contra a parede pedindo explicações como se eu fosse o único responsável pelos meus atos esses malditos burocratas eu continuava pensando nas flores ordinárias as quais ela colhia nos domingos e me trazia eu me perguntava o que ela queria dizer com aquilo se esperava que um dia eu lhe trouxesse flores estava enganada eu detestava o cheiro das flores e toda vez que eu pensava em gerânios o meu estômago embrulhava assim mesmo me dava certo tesão vê-la nua com as flores ordinárias atrás da orelha

Mas aos poucos seu corpo vermelho e pulsante foi desbotando perdendo o vigor antes dançávamos flamenco e reconhecíamos como estranhas aquelas sombras que estupravam o asfalto agora as noites eram mornas os touros estavam capados e seus semens congelados proliferavam populações no ventre vazio do abismo e dos seus dedos frios pendiam falsas impressões

[Haverá um tempo em que seus pés encostarão no solo frouxo das suas orelhas e todas as ameaças soarão como uma partitura atravessada por cordas dissonantes eu te falei sobre os homens sem almas que arrancavam a machadadas as cabeças de outros homens mas você não acreditou pisou na grama molhada ao lado dos corpos ensanguentados e testou um beijo longo entre minhas vértebras o demônio tocava flauta sobre meu dorso ainda assim você limpava os rifles e os loucos continuavam roendo os ossos da ignorância]

Cerejas você me ensinou a lamber o vermelho cadáver das cerejas que pendiam do pé antes de você eu só conhecia as cerejas que se ofereciam fatigadas dentro dos potes você me ensinou sobre os outubros sobre as geadas sobre as formigas que engolem os brotos sobre as ferrugens pragas devorando as plantações e eu ignorante comia devagar a pele sórdida que me oferecia depois cuspia os caroços um a um e as cerejas manchavam o canto da sua boca e eu torcia os dedos esperando que a tarde jamais anoitecesse éramos dois fetos se alimentando da mesma transparência

Você colocava a língua entre a pele flácida aquela pele quase morta quase viva que separa um dedo do outro gostava desses pequenos escombros escondidos no corpo dos homens procurava com a boca pelos meus outros orifícios mas eu disfarçava havia lugares proibidos e não deixaria que me espreitasse por todas as frestas também as árvores as flores as violetas as begônias os antúrios os moluscos as casas velhas também eles têm buracos obscuros você sussurrava e nessa hora eu tinha certeza se eu não cedesse você me deixaria e sairia salivando na saliência porosa das pedras e das lajotas

Você madrugava os desejos escancarava as portas dos porões retirava as sujeiras debaixo das unhas e elas eram tão maiores e mais graves que meu riso você limpava a merda que se espalhava no banheiro da frente e eu sabia não haveria risos a vida toda medíocre eu só encenei gargalhadas e hoje vejo todas as mandíbulas expostas na mesinha de centro

Não precisávamos de figurantes para as nossas loucuras eu me ocupava das ervas de passarinho que se infiltravam na carne dos frutos em formação você retirava com parcimônia os capins que se espalhavam rumo às hortaliças você sonhava criar coelhos vê-los copular e se multiplicar mas logo desistia da ideia sabia que era necessário eleger as decisões te assombravam não poderia ter roedores e plantações de acelga no mesmo quintal achava injusto a exigência de coerência nas minúsculas coisas logo você que era adepta das discrepâncias logo você que gostava de foder e amar em um só tempo logo você que considerava lacônica as madrugadas sem lua

Avisto dez mil mortos nas pregas das suas cordas vocais dez mil mortos naquele grito antecipado dez mil mortos no estômago frágil das baleias dez mil mortos pendurados nas casas das aranhas dez mil mortos peregrinando sobre meu ventre dez mil mortos no tumor que se estende na minha laringe um forasteiro inibido entre minhas omoplatas e meu cóccix

Você tentava tocar com a ponta da língua a última cereja do outono cavalgava na minha cintura pressionava o fêmur como se quisesse aproximar meus rins e eu segurava feliz o ritmo dos seus seios meu pau entrava em um universo quente e confuso átomos átomos átomos de neuroses seus bicos pendiam em minha boca e você dizia o mundo é isso uma jiboia digerindo um boi e eu era o boi e eu sentia o fêmur e as vértebras da cobra me esmagando devagar e depois o vácuo e o vazio e a pele morta escorrendo no ralo

Carpo metacarpo falange unha uma radiografia expunha todos os ossos da sua mão e eu cogitava macacos não se masturbam entre seus dedos-cadáveres explodia um manancial e os peixes procriavam vermelhos na encosta rochosa do seu pulso eu desesperado imaginava os holofotes me cegando batia uma punheta e pensava na inabilidade dos gorilas me entristecia a ignorância do autoprazer e do riso

Stela me ensinou que se um homem ainda podia escancarar a boca e rir ou gargalhar havia uma esperança ele podia se distinguir do resto dos animais não se confundiria com os cães ele cagaria sentado na privada de preferência com um livro de Nietzsche nas mãos pomposo exibindo seu ar de superioridade e dotado de alma tomaria sossegado o chá das seis em porcelana chinesa mesmo que não fosse dado a frescuras capitalistas se afastaria cada vez mais dos ratos dentro da cadeia alimentar entretanto se ele não pudesse soltar uma boa gargalhada provavelmente se confundiria com uma iguana ou um porco selvagem e chafurdaria na lama comeria cadáveres porque um porco não recusa alimento nem o pior deles nem o diabo escaparia se caísse na panela dos porcos

De suas gargalhadas sonoras eu só me lembro do silêncio de quando sua boca calava nas protuberâncias do meu corpo do lixo que depositava no beco estreito e de quando voltava na ponta dos pés descalça com a pele ardendo e esperava minha saliva remover toda a angústia que te assolava eu colocava a mão na sua cintura e enforcava o seu pescoço e você renascia todas as manhãs ainda mais bela e tocava cínica uma toada

Eu perseguia obcecado o seu corpo e você obcecada exigia meus enforcamentos como se fosse minha obrigação te ressuscitar do marasmo do tédio e da infelicidade diária minhas fodas não bastavam também tinham virado parte da monotonia apenas a força das minhas mãos no seu pescoço poderia te salvar poderia romper a carne as cartilagens a traqueia o oco e arrancar uma nova epilepsia uma nova língua um novo dialeto para em minutos você descobrir que também essa novidade não servia para nada

Alguns só conhecem a loucura descrita nos manuais ou nos tratados de psiquiatria não eu a demência tomou conta de mim atravessou meus rins meu fígado meu pâncreas a demência jorrou seu líquido sobre minha tíbia uma legião de seres estrangeiros cada um puxando a corda do enforcado para um vértice mas os lúcidos não verão porque eles não galoparam nos cavalos marinhos não comeram o cérebro dos peixes abissais nem vomitaram os ovos dos ursos polares nem hibernaram no verão é setembro e eu acaricio os coalas a mão pare estranhos acontecimentos

Era eu e era ela um eco retumbante e uma arma branca e quente no criado-mudo ela sigilosa como um lagarto camuflado nas folhas podres eu um cínico chupando as beiras da sua vulva escura e lacrimosa ela gemendo baixinho e fingindo reprovação a arma esquentando e criando musgos e fuligens agora era enfiar no canto da sua boca vermelha e esperar a saliva escorrer raivosa e depois o tiro estrondoso-escarlate de festim eu morria carne-osso-alma todas as manhãs e ela arrumava as camas majestosa

Partir partir esvair cortar as últimas violetas do alpendre as moscas zunindo os nós eu parada pés atados boca amordaçada uma improvisação para futura mortalha quem disse que os pés tinham asas¿ as pombas voam todas trágicas sobre minha cabeça enxame línguas de cobra esburacadas-esbranquiçadas é mais triste ver o exílio do que ser a exilada minha barriga ainda está fecunda de gozo fresco quantos filhos teria se não os tivesse matado todos¿ se não os tivesse deixado escorrer dentro do universo lodoso do umbigo¿

Não quero estar nu ao apresentar-me a Deus a nudez não agrada meus orifícios e minhas pústulas ofendem a santidade quero estar vestido dessas vestimentas exageradas dessas máscaras carnavalescas que imitam as bestas e imitando a ferocidade expõe o rosto feio-afilado-humano se fosse esquizofrênico eu escutaria várias vozes entretanto sou um louco normal não escuto vozes escuto o silêncio o burburinho e os urros dos animais mortos na manhã do dia seguinte

Parte II
O VELÓRIO

[Haverá um tempo em que as raízes flertarão com a copa das árvores e a fotossíntese ocorrerá inversa e a seiva correrá na nervura da sua pele negra e o sol será um ponto inflamado no seu palato e a tarde cairá lenta todo dia um suicídio todo dia um prego enferrujado devorando a noite todo dia um parafuso frouxo sustentado os vermes da madrugada]

O cão branco-cinzento gania embaixo do caixão me olhava de viés e ela estava lúcida nunca a vi tão lúcida e calada senti certo conforto não precisaria mais atar sua boca nem prender seus pulsos nem ameaçá-la com a arma e o estrondo de festim tentei chegar mais perto queria abrir sua blusa e soprar seus seios passar os dedos em suas auréolas roxas mas o cão gania então me afastei e um cheiro de cânfora tapou minhas narinas

Vamos querido não entendo o motivo de tanto susto fique à vontade pode continuar com as falanges rígidas em volta do meu pescoço pode continuar me apertando pode continuar estrangulando todos os meus discursos venha agora já ninguém pode me acudir a rota não está nas ruas os cães dormem ninguém pode escutar os meus gritos vamos abaixe a calça endureça o pau eu ainda espero o seu membro me partindo ao meio me cindindo não era isso que você queria¿ duas mulheres mudas para te servir¿ Esther e Estela ambas estão aqui deitadas nesse caixão podre não tenha medo a carne dos fantasmas é etérea não deixa hematomas pode me segurar com força pode amortecer a queda do seu esperma no meu útero falido defuntas não sentem pavor da fúria dos machos vamos trago a boca aberta e a língua decepada trago a fome dos desarvorados me use como antigamente apazigue meu corpo antes que a terra quebre minhas mandíbulas antes que a terra engula minhas glândulas vaginais

Era urgente sair de perto daquele corpo silenciado morto a cajadadas seus olhos não mais seguiam a órbita certa dos gozos intensos agora eu também era um cadáver e você uma carcaça verde atrás do véu eu podia ver os engenheiros do holocausto a arquitetura grotesca da carne sabia que um dia as cores tomariam conta dos seus ossos mas eu ainda tento ainda vasculho o abismo dos seus orifícios sim eu nunca me contentei com a maciez das suas mucosas eu ia além gostava das pedras escondidas nos seus rins nas suas vesículas no seu baço gostava de me embrenhar no seu intestino delgado escutar o seu grito de desespero enquanto meus membros radiografavam a sua angústia e os seus dias cinzentos você escondia um hospício atrás dessa pele habitável

Me controlei sai até a soleira respirei fundo da porta pude ver uma caixa roxa no canto esquerdo

tive a impressão de já ter visto aquela caixa em algum lugar logo me desvencilhei dessa ideia olhei novamente lá fora e pude enxergar o fim da estrada pensei em prosseguir ir embora da mesma forma calada e transparente que cheguei seguiria o caminho rastejante dos matos rasos no entanto Estela não merecia ser abandonada não agora naquela situação degradante em que se encontrava de onde eu estava eu podia ver um prego enferrujado que atravessava o caixão e penetrava na sua carne eu podia vê-la suplicando minha presença fajuta ela sabia eu não poderia fazer nada não a salvaria dessa espécie de zíper enguiçado que é a morte mas ela sussurrava assim mesmo exigia que eu permanecesse em pé baforando perto dos seus mamilos como se quisesse roubar de mim um pouco de fôlego roubar fôlego de um asmático era incoerente porém Esther não era coerente tapei meus pulmões com as mãos fechei os olhos por um minuto e voltei ao lado do caixão agora o cão parecia mais calmo talvez dormisse me aproximei mais passei as mãos levemente pelos seus seios quase pude escutá-la suspirando o cão ainda dormia tentei afrouxar o botão no entanto o cheiro de cânfora estava ainda mais insuportável minha cabeça começou a girar e os meus olhos embranqueceram

Depois veio o desmaio o segundo se não me engano em pouco tempo era uma espécie de convulsão sem a baba branca sem o tremor e sem o esquecimento total a minha memória ainda funcionava pelo menos era o que acreditava não poderia deixá-la mofando ali e ela mofaria com facilidade naquele caixão de madeira barata nem envernizado era e as alças bem não vi alças isso levava a crer que ela passaria a eternidade a ser velada por aquele cachorro branco e sarnento fiz o que deveria ser feito todos me olhavam atônitos Maria Joaquim Amâncio Rubra Amadeo eu nem sabia que ela tinha parentes ela era tão independente e em seus traços nunca descobri ninguém talvez uma semelhança minúscula com um sagui nada mais a agarrei pela cintura forcei seus braços a segurarem em volta do meu pescoço ela era mais pesada do que imaginava ela era mais leve anos atrás antes do homicídio

No entanto quanto mais eu forçava os seus braços a segurarem em volta do meu pescoço mais eles deslizavam para o fundo do caixão Augustina parecia ter a intenção clara de me contrariar ou talvez quisesse me castigar pelo enforcamento se já não fosse suficiente eu andar quilômetros para encontrá-la sem contar o fato de ainda ter de aturar supostos parentes loucos agia como se a culpa do desastre fosse minha não foi a tragédia aconteceu dia após dia o último a beber a água não foi necessariamente o que esvaziou o poço porém eu sabia era inútil entrar nesse tipo de discussão com Esther ela não cederia ela estava certa independentemente das evidências não arregaria não moveria um centímetro do corpo para me ajudar não daria razão a um homem ter o pau ereto sempre foi uma espécie de ofensa a certas mulheres essas mesmas mulheres são as primeiras a se ajoelharem aos nossos pés e ao se ajoelharem elas lambem feito cadelas nossos caralhos e quando estamos prestes a ejacular viram os rabos em nossas direções mesmo assim não desistiria de Estela

Apesar do seu peso descomunal eu não desisti continuei apertando a sua cintura e tentando levantar o corpo monstruoso embora não fosse visível nenhuma dobra fiquei imaginando o que ela tinha ingerido naquelas últimas vinte e quatro horas apesar de magra ela comia muito bem mesmo assim era impossível alguém tão pequena e aparentemente frágil inchar tanto e se negar a ter a matéria suspensa pensei na carne etérea dos anjos e no gosto telúrico dos fetos que morrem nas manhãs enferrujadas Esther não queria continuar ali naquele lugar imundo com o cão sarnento babando perto da sua boca Augustina era higiênica demais chegava a ser irritante sua mania de desinfetar a merda dos outros porém agora ela me surpreendia olhei os seus seios e uma água macilenta escorria entre eles o cachorro lambia os beiços naquele instante o vi como o pior dos inimigos eu não deixaria que encostasse aquela boca asquerosa no meio dos seios de Esther considerei que era melhor tirar minhas mãos debaixo das suas costelas e ajudá-la procurei um lenço ou pedaço de papel no bolso não encontrei nada então estendi minha língua por entre seus peitos e eu posso jurar eu senti seus bicos arrepiarem e sua vulva estremecer coloquei meus dedos dentro da sua buceta e pude senti-la pulsar como um coração disritmado as mulheres me olharam com uma cara de desaprovação no entanto não demorou cinco minutos e todas começaram cada uma a sua maneira a se tocarem e lamberem uma a outra como se fossem as únicas responsáveis pela descoberta do prazer os homens estavam tomando café na sala ao lado e não perceberam o uivo uníssono das suas mulheres tirei o pau para fora e bati a melhor punheta da minha vida

[Haverá um tempo em que os homens são lamberão a baba dos loucos e limparão com parcimônia o escarro dos indigentes descarregarão todas as armas e levarão flores na cintura e deixarão de engatilhar e apontar as armas em direção aos inocentes e beijarão a boca dos cães banguelas e não mais empunharão os paus eretos na buceta das mulheres como símbolo de punição e gozarão famintos nas manhãs tediosas de domingo]

Comecei a imaginar o que o homicídio tinha feito por ela por que agora ela pesava tanto¿ por que estava tão pálida¿ logo ela que gostava das bochechas vermelhas de blush dizia só admirar as mulheres que sabiam se maquiar e ficar tão próximas da plasticidade das bonecas o que ela falaria se estivesse aqui¿ com certeza reclamaria de ter de ficar deitada com as mãos em cima do ventre ela adorava exibir a barriga a qual não era nada parecida com as barrigas das atrizes pornôs e ela dizia era exatamente por isso que nunca tinha aceitado fazer um filme pornô eu sorria e perguntava se houvera convite claro e não foi um só foram vários recusei todos ela gostava de exibir a fartura mas não gostava dos uivos daquelas garotas que fingiam orgasmos fenomenais gostava dos orgasmos minimalistas ela chamava assim os melhores orgasmos em que o prazer maior era o movimento peristáltico da vulva e não o grunhido descomunal eu não concordava com ela e uma das nossas maiores discussões começaram com essa banalidade apenas depois a discussão foi ganhando corpo e seriedade ela jogaria fora essas flores ordinárias de defunto ela pediria begônias ou qualquer outra flor com nome bonito a vulgaridade começa quando se nomeia ela falava enquanto comia os pequenos bagos do romã embora achasse que não havia gosto nenhum naquela fruta havia apenas cor e sonoridade e isso lhe bastava e agora ela não tinha cor tampouco ouvia seus batuques seus pés estavam congelados pegaria um resfriado comecei a gritar com aquelas pessoas imbecis e passivas será que não estavam vendo estava frio demais para deixá-la assim com os pés descalços no entanto eles eram mais espertos do que imaginei no começo eu mal terminara de proferir meu desgosto e logo um homem trouxe dois sapatos diferentes tentei colocá-los mas eles não entravam era impressionante como o seu pé tinha crescido antes que pudesse voltar a xingá-los vinha um terceiro com um sapato de camurça com uma numeração maior encaixei nos seus pés e sorri eles não sabiam se riam ou ficavam sérios não fizeram nem uma coisa nem outra viraram os rostos e eu não pude mais vê-los

[Haverá um tempo em que os homens nadarão na lama sagrada do Mar Morto e seus pés se encherão de verdadeira virtude as crianças brincarão em paz com os fósseis de seus ancestrais os peixes vermelhos e mancos flutuarão num céu de certezas e as mulheres parirão sem dor bebês perfeitos e os loucos por cima das cabeças dos sãos dançarão um balé estranho numa incomensurável alegria e as nuvens pararão seu movimento participando do êxtase de uma humanidade longe da escória]

Assim fica bem melhor ninguém suporta ficar descalço ou ficar com sapatos que deformam os pés vocês deveriam ficar mais atentos com as coisas por aqui não sou eu que irei alertá-los eu sou um reles forasteiro e provavelmente amanhã vocês nem se lembrarão do meu rosto além disso há pelo menos quatro milhões de homens com rostos semelhantes ao meu não trago nenhum traço marcante e meus olhos são de um castanho médio isso médio nem muito claro nem muito escuro não há nada que me diferencie e mesmo o fato de eu levar comigo uma defunta nos braços não será causa de espanto com certeza vocês já conheceram muitos homens que levam cadáveres nas costas por semanas até encontrarem um destino melhor a eles comigo não seria diferente não posso permitir que Estela apodreça nessas condições sem ninguém para cuidar de seus interesses sem ninguém para ver o cabelo crescer e a pele embolorar feito um pão amanhecido não espero um discurso de vocês nem desejo que peçam a bênção eu vou seguir meu rumo e vocês ficam livres para continuar com suas vidinhas

Antes de poder agarrá-la pela cintura um homem nu e preto ao meu lado disse ela era uma boa esposa sim um anjo um doce de mulher queria rir daquele comentário absurdo ela não era companheira de ninguém olhei a boca de Esther e percebi que estava murcha faltava alguma coisa o homem preto e nu parece que adivinhou os meus pensamentos foi logo justificando sabe como é amigo eu não podia enterrá-la com a boca cheia de dentes além disso a maioria estava podre achei mais sensato arrancá-los sim arranquei um a um com o alicate não me olhe desse jeito ela não sentiu nada estava morta amortecida pelo cansaço e nem me pergunte sobre dentaduras eu poderia ter arranjado alguma na loja de quinquilharias do seu Zé mas achei que não tinha necessidade de gastar com essas coisas afinal já basta o que ando fazendo gastando até o que não tenho se bobear até os fundilhos das minhas calças estão hipotecados esqueça isso Estela merece o melhor enterro de todos ah se você a conhecesse! com certeza teria se apaixonado por ela se eu a conhecesse¿ eu não estava acreditando numa palavra que aquele idiota estava pronunciando muito mal pronunciada aliás como ele ousa dizer um absurdo desses¿ por isso a mantinha aqui trancada não porque sou louco como teria coragem de trancar uma coisinha daquelas só a mantinha longe das cidades movimentadas e você sabe as ruas agitadas as luzes as placas luminosas essas coisas costumam mexer com a cabeça das mulheres e depois ela poderia descobrir as vantagens de ser uma puta imagine se ela sonhasse como as putas fazem quantos paus passam por suas bocas mas a minha Esther não! era uma boneca nem eu ousava profanar aqueles lábios quase nem se maquiava quando muito um rosa pálido nas maças protuberantes bem fale mais baixo bem mais baixo ele me alertava como se fosse eu que estivesse há horas tagarelando veja como o olho de Estela está arregalado você sabe o que isso significa¿ no mínimo que este homem é um terrorista maluco as pessoas do povoado comentam que quando os defuntos trazem os olhos abertos é porque são um morto-acordado ou seja eles podem escutar tudo o que falamos sobre eles e não quero ofender a minha pequena nem preocupá-la com nada muito menos agora nessas circunstâncias não se engane meu amigo os mortos e os vivos estão irremediavelmente ligados você reparou como o seu ventre está inchado¿ não eu não tinha reparado em nada eu desejava apenas tirá-la logo do alcance desse suposto marido alienado voltando a nossa vida antes dessa tragédia posso afirmar que a privei completamente do convívio de outro sexo eu contratei um eunuco sim ela passava dias e noites trancada com ele você sabe não é possível sentir ciúme de um eunuco seu saco é atrofiado e seu membro bem é constrangedor falar sobre isso enfim o seu pau não endurece como poderia me preocupar¿ Ele era sua melhor amiga viviam sussurrando pelos cantos por um minuto senti uma vontade incontrolável de irritá-lo sim eu poderia contar pelo menos três histórias em que os eunucos comiam suas patroas será que ele se esqueceu que os dedos são tão eficazes quanto um pau¿ E na maioria das vezes uma boa chupada vale mais que dez trepadas deixei quieto não adiantava contrariá-lo ele só podia ser um alienado ou um psicótico ela nunca me falou sobre parentes era evidente aquele cretino estava amnésico não sabia se era melhor retaliá-lo ou esperar uma oportunidade e contrariá-lo embora eu tenha noção de que certas espécies de homens devem ser deixados de lado e tratados como peixes fora do aquário procurei de novo escutar o discurso do homem preto entretanto enxergava no lugar das suas orelhas dois peixes dourados isso me distraía omiti espanto continuei desdenhando sua fisionomia singular já começava a me engasgar com a espinha que ele vomitava observei com cuidado os seus braços o seu ventre a sua cachola sim ele era forte poderia sem esforço estrangular dois homens ao mesmo tempo embora estranhamente ele não aparentasse utilizar o seu vigor não tinha discursos violentos sequer falava cuspindo percebi o diâmetro incomum dos seus bíceps definidos não por um esforço descomunal levantando alteres ou coisas do gênero era sua própria estrutura física com certeza nascera daquele jeito provavelmente sua mãe teve dificuldades de alimentá-lo no peito posso jurar que mamou junto aos bezerros o que lhe faltava na cabeça sobrava no corpo musculoso e na barriga enxuta de repente comecei a pensar era bem provável que Esther se divertisse com ele sim porque ela se impressionava fácil com a beleza dos machos chegou a confessar que a vida seria bem mais simples se as mulheres fossem como as cadelas assim que castradas os homens não mais pudessem sentir seus cheiros sua vontade de trepar voltei os olhos ao quadril de Augustina e recordei a forma como ela se mexia podia ver as ancas despencando de um lado e de outro e o meu pau o epicentro não não era possível ela não tinha ninguém era uma lunática solitária ele remexe os bolsos e retira um charuto com um aspecto suspeito risca duas ou três vezes o fósforo até acender estende em minha direção como um ato de solidariedade e comunhão pensei em jogar aquele charuto fedido na sua cara porém eu estava um pouco cansado da viagem e já fazia alguns dias que não colocava nada na boca dessa forma quase passei a adorar aquela figura estranha e preta no entanto ele continuou tagarelando me explicou que o charuto era algo bem útil ninguém devia deixar de guardar um punhado de charutos na dispensa de casa pois até as pessoas que não tinham por hábito fumar poderiam se beneficiar com um bom charuto não era necessário saber tragar num dia como esse em que os homens choram em cima dos cadáveres como se os defuntos pudessem escutá-los era bom poder oferecer um charuto sim por certo os mortos também não tragavam não conseguia parar de encará-lo com um ar de descrédito no entanto ele não parecia se abalar nem um pouco com isso porque jamais diminuía o volume ou a ocorrência absurda de ideias e elas nasciam uma após a outra e dificilmente uma possuía alguma relação com a outra os homens tolos me causavam ódio e pena comecei a lembrar da cadeira de vime que comprei há muitos anos sim ela me seria totalmente útil agora eu sentaria e fingiria um interesse que realmente não tinha faz tempo que as pessoas me causam tédio e desinteresse e caso eu não tivesse um problema crônico de insônia eu dormiria durante suas conversas as quais começam ou terminam com uma banalidade a mudança brusca de tempo ou a alta inconcebível das bananas ou o sexo das cobras ou a inadequação dos homens ou a pelagem exótica dos coelhos selvagens eu já estava quase me convencendo ele era mais vítima do que Ester contou detalhe por detalhe dos anos em que viveram na vila e da época em que precisaram se separar por um tempo para que o relacionamento tomasse um fôlego sim aquilo tinha sido ideia dela tivera acesso a algumas revistas francesas e estava na moda os casais colocarem à prova o seu amor depois começou a apelar para o sofrimento dos filhos pequenas criaturas desprotegidas precisavam da figura materna sim ele queria que eu sentisse pena dele não posso acusá-lo de ingenuidade afinal quem olha o meu rosto dificilmente adivinha que se eu tivesse paciência de elaborar planos maquiavélicos ou soubesse desovar corpos com facilidade eu seria um assassino em série a verdade é que normalmente eu sentia ódio ou desprezo mais desprezo porque o ódio necessita de mais resignação e requinte veja amigo coloque os dedos ao redor desses bracinhos parecem de brinquedo veja como as olheiras estão profundas o corpinho magro e raquítico dessas pequenas pestinhas veja a barriguinha crescida isso é verme com certeza a mãe deles saberia expurgar esses bichos nojentos de dentro desses ventres inocentes a cara dessas crianças todas sem mãe aquilo só podia ser uma brincadeira de mau gosto o que eles estavam querendo com aquela brincadeira¿ pensei talvez tudo aquilo não passasse de uma encenação fiquei olhando para todos os lados possíveis procurando uma suposta plateia de uma tragicomédia no entanto por mais que procurasse não via nada além de quatro ou cinco gatos pingados assim mesmo eles não aplaudiam pelo contrário não paravam de chorar e sussurrar uma oração desconhecida para mim estava me sentindo confuso e com ânsia olhei ao redor e a única coisa que vi foi um espelho velho de forma que olhando eu tinha a impressão que o lugar estava mais cheio do que realmente estava minha coluna doía quando me movimentava podia escutar estalos terríveis eu não sabia se escutava aquele homem se olhava para aquelas crianças ou se continuava levantando o corpo morto de Ester resolvi antes continuar escutando os impropérios daquele pobre homem porque lunático ou não ele estava em luto os olhos estavam inchados e vermelhos para falar a verdade ele sofria bem mais do que eu dessa forma ele quase me convenceu que dormia e trepava com a minha Estela depois de cinco minutos prestando atenção nas qualidades que ele atribuía a Esther resolvi direcionar minha atenção àquelas estranhas crianças eram quatro não era verdade ela não tinha quatro filhos ela era tão nova são gêmeas não parecem são tão diferentes são bivitelinas você sabe não nasceram do mesmo ovo aquela mulher era uma diaba ovulava três ou quatro vezes por mês não podia ser normal uma coisas dessas eu não comentava nada sabe como é com mulher e louco o melhor é não mexer de repente me voltou à cabeça todas as noites e dias em que fodi Esther estranho mas se era verdade mesmo que ela ovulava de três a quatro vezes por mês aqueles filhos também poderiam ser meus tá certo em algumas fodas eu usava o método do coito interrompido mas caí em inúmeras tentações e gozei fortemente dentro do seu útero não esperava que algo frutificasse ali nunca criei expectativas nunca quis que ela se casasse comigo e jamais sonhei que seres pequenos e famintos abocanhassem aqueles seios maravilhosos eles eram a fonte primária do meu prazer encarei as três meninas e o menino ruivo era incrível mas eu tinha que admitir certa semelhança uma tinha seus olhos a outra seu nariz a terceira sua boca e o menino bem o menino tinha seis dedos em uma das mãos acariciava o dorso de um dragão de komodo eu podia ver um arrepio nas espinhas do bicho fiquei parado por uns dez minutos antes de levantar o resto do corpo a mímica mínima da morte sim ela me impressionava

Ainda não tinha me recuperado do baque quando vi o homem preto e nu subir ao telhado da casa e retirar algumas telhas de forma que a luz entrou e bateu diretamente no rosto de Augustina e eu me senti ainda mais ofendido com o seu ar desanimado ela tinha olheiras roxas e fundas como se não fosse suficiente me ter por perto tentei não julgá-la não era fácil ficar confinada naquele lugar chinfrim logo o suposto marido de Esther desceu e me explicou que esse era um procedimento normal afinal a alma de Estela precisava subir ao céu e se não encontrasse saída permaneceria vagando pelos cômodos da casa mal ele acabou a sua explicação estapafúrdia começou a se formar um temporal logo a chuva caiu e começou a molhar o corpo de Ester o cão não parava de ganir como se estivesse agonizando pouco tempo depois subiu um cheiro insuportável de cachorro molhado

Enquanto eu tapava as narinas ele começou a gritar com as mulheres da casa tirem logo essas vassouras daqui antes que as crianças comecem a varrer os cômodos olhei com um sorriso cínico nos lábios o homem preto e nu se ofendeu não quero tratá-lo como um forasteiro ignorante mas vejo que desconhece os rituais de nosso povo e age com espanto quando falo da defunta não seja tonto a morte não é algo tenebroso no entanto devemos tomar certas precauções para que o morto não se perca eu tenho certeza de que você não sabe desse fato os sete primeiros dias são os mais importantes como familiares temos a obrigação de ajudar o defunto a superar essa nova etapa não podemos parar as orações hoje é o terceiro dia da morte de Estela nesse momento provavelmente ela tomou consciência da sua forma incorpórea e permanecerá na sua moradia até o sétimo dia a minha pequena Estela está aqui eu posso senti-la até consigo escutar o seu sopro ao pé do meu ouvido portanto devemos tomar cuidado não podemos varrer a casa pois a alma voltará ao corpo ela precisa se purificar ela precisa extinguir as nódoas do corpo do cadáver vamos aproveitar a presença magnífica de Esther talvez ele tivesse razão nunca vi Estela tão bonita e tão harmoniosa apenas o seu ventre continuava inchando tomando uma proporção um tanto quanto monstruosa logo ela que se preocupava com a quantidade exata de abdominais a fim de manter o físico impecável que ironia agora poderia descansar sossegada

O suposto marido de Augustina gritou meu nome comecei a gargalhar realmente era muito engraçado que ele soubesse o meu nome nunca poderia supor tal absurdo venha logo não fique aí parado com essa cara de paspalho eu sei você não é da família apareceu aqui por acaso e não tem obrigação nenhuma de me ajudar com os preparativos do sepultamento no entanto já que está aqui não custa nada nos dar uma mãozinha venha comigo até a cozinha preciso que me ajude a pegar o tacho está muito pesado eu não conseguirei sozinho não pude negar não fazia ideia qual desculpa usar para não auxiliá-lo assim acabei ajudando em tudo calado tamanha não foi a minha surpresa ao entrar na cozinha dentro do tacho estava preparado um assado soltei um grito pavoroso aquilo era um homem! o marido de Esther atou minha boca com as duas mãos não seja besta! isso não é um homem isso é apenas um macaco sim como disse você ignora nossos ritos devo devorar esse animal na frente do corpo de Estela vá logo pegue desse lado do tacho e vamos levar para perto do caixão eu preciso comer com Estela me olhando sim esse macaco era o substituto mítico do homem enquanto ele devorava pausadamente o animal eu vomitava Esther continuava imóvel os olhos arregalados e o bucho inchado

Vamos não fique com essa cara de palerma agora faremos o ritual mais importante de todos através dele a alma da defunta não se perderá no limbo e renascerá mais depressa em outro corpo vivo um pássaro uma flor ou uma pedra o suposto marido de Esther gritou e chamou por todas as mulheres e homens do povoado determinou que todos se despissem eu não dei ouvidos continuei com minhas roupas no entanto ele chamou minha atenção e eu tive que retirá-las ficaram todos pelados e em seguida ele começou a despir Estela dei um grito disse que ele não tinha direito de fazer aquilo ele nem ligou talvez nem tenha me ouvido continuou arrancando sua roupa depois ordenou que todos se tocassem da forma mais agradável possível eu estava paralisado só conseguia olhar para ele enquanto isso ele chupava os seios da minha Estela afastava com os dedos os seus pequenos-lábios *cadáveres não se arrepiam* mas eu podia ver a pele de Esther encaroçar enfiou com força o pau na sua buceta e depressa soltou um líquido branco e pegajoso quando dei por mim o meu pau também estava duro as mulheres caminharam em minha direção e começaram a me tocar depois exigiram que eu as lambesse o que fiz um pouco envergonhado depois cerca de umas dez mulheres apoiaram as mãos ao mesmo tempo no caixão de forma que suas bundas ficaram empinadas e suculentas imploraram que eu as penetrasse então fui enfiando o pau um pouco em cada buceta até que o gozo veio e inundou a última da fila olhei Augustina ela parecia arrasada com a minha conduta porém eu estava cansado demais para me importar fechei os olhos e o desmaio veio pela segunda ou terceira vez

O menino puxou a minha calça pedindo uma atenção que eu não tinha a mínima intenção de dar a dependência das crianças sempre me irritou não conseguiam sequer abrir sozinhas uma lata de sardinha porém ele tinha a cara tão abatida e chorona que cheguei a amolecer um pouco afinal era a mãe dele naquele caixão escuro e horrendo o ritual da morte é bem mais assustador do que a morte em si sim era Esther ela estava ali e era ao mesmo tempo a mãe do menino pelo menos era o que afirmavam apontou o dedo para o caixão da mãe e depois falou direcionando a boca a mim disse em uníssono com a pequena irmã você sabia que o dragão de komodo é amigo dos defuntos¿ Você sabia que existem dragões de komodo laranja¿ Você já viu um dragão de komodo chocando seus ovos¿ Aquelas perguntas me fizeram soltar uma gargalhada estrondosa todos me olharam assustados como se aquilo fosse uma grande ofensa como eu poderia me dar ao luxo de rir no velório de uma mulher tão jovem que tinha a vida inteira pela frente quase uma criança¿ ela poderia ainda parir com tranquilidade mais meia dúzia de filhos poderia criar galinhas e porcos preparar o velório dos moradores mais cansados que esqueceram de morrer na hora certa diagnosticar doenças na criação de codornas dos vizinhos veja seus braços fortes suas pernas grossas se ela pudesse se levantar agora com certeza dispensaria ajuda e munida de pás e força cavaria sua cova e depois se jogaria dentro no entanto por um engano idiota do destino e pelas mãos hediondas de um homem desconhecido estava desacordada esperando na miséria pela ajuda de mãos mais fatigadas do que as suas eu deveria ter vergonha de aparecer assim de surpresa na casa de uma mulher tão jovem apesar da conduta reta poderia despertar suspeitas sobre o seu caráter o qual sempre foi inquestionável sim porque ninguém do povoado nunca a viu sair de dentro daquela casa simples e caindo aos pedaços era uma mãe exemplar limpava cozinhava nunca pediu ajuda para ninguém chegava a ser nomeada de presunçosa por desejar cuidar de tudo sozinha como se pudesse ser autossuficiente e não precisasse do auxílio dos outros porque você deve concordar alguém que não necessita de ninguém é alguém perigoso toque nesses lençóis veja como são brancos sem uma mancha sequer e pensa que são lavados por grandes lavadeiras¿ não foram com as mãos dessa pobre defunta agora impõe a presença de todos aqui nós que antes nem conhecíamos as linhas apagadas do seu rosto conhecíamos apenas a sua silhueta e de longe ela aparentava ser bem mais frágil gargalhei novamente o que uma mulher perdia confinada nesse fim de mundo¿ Morrer na minha opinião era bem mais atrativo todos aqueles deveres que a mulher enumerou com vigor não passavam de tarefas corriqueiras qualquer animal dotado de duas pernas poderia executar morrer me parecia uma tarefa bem mais singular olhei o rosto de Esther e ela também esboçava um riso como que concordando comigo as pessoas eram ridículas em suas regras e seus princípios parece que apenas a pequena criança entendeu o meu riso era ridículo mesmo imaginar um bicho daquele tamanho botando um ovo e depois o gorando Venha pega na minha mão quero te mostrar uma coisa me senti incomodado com aquelas mãos geladas e pequenas puxando a minha fiquei olhando aquele cabelo enorme e cheio de nós tive pena se existe algo que nunca passou pela minha cabeça foi ser pai mas ser arrastado assim por uma garotinha de dez anos despertou um instinto paterno fez com que eu sentisse certo asco me controlei não vomitaria na cabeça de uma pobre menina ainda mais de uma órfã depois fiquei imaginando aquela criança de certo modo não deixava de ser um pouco minha filha já que tinha saído do ventre de Esther o mesmo ventre que costumeiramente abrigava meu pau e meu sêmen pensar dessa forma me deu alívio o enjoo passou não vomitaria em cima de ninguém Você sabia que o dragão de komodo é amigo dos defuntos¿ Sim é verdade pouca gente sabe eles gostam de comer a carne dos defuntos não é por mal é que assim eles continuam vivos em sua memória olhei aquele menino lunático e tive pena cada um achava um jeito bem particular de continuar a viver depois da morte a menina continuou me arrastando e embora tivéssemos andado pouco mais de um metro tive a clara impressão de estar andando por dias e dias ah a relatividade mórbida do tempo... até que ela me levou perto da sua cama tirou uma pequena caixa estava enfiada entre restos de lixo e livros empoeirados colocou o dedo indicador sobre os lábios finos me exigindo um silêncio menos profanador cochichou algo nos meus ouvidos realmente não tenho coragem de reproduzir olhei admirado o interior mas antes que eu pudesse dizer algo ela guardou novamente a caixa e me deu um puxão vigoroso depois soltou a minha mão e saiu correndo em direção à morta a menina gritava que a mulher no caixote não era sua mãe tive vontade de consolá-la deslizar as mãos pelo seu cabelo mas o que eu poderia fazer afinal¿ Ressuscitá-la estava fora de questão no entanto por um minuto pensei que essa fosse a melhor solução dei as costas à menina de tranças e voltei a observar o homem preto e nu e eu pensei com prazer macabro em quantas fabulosas vezes tinha comido o cu da sua mulher enquanto ele provavelmente alimentava as crianças ele continuou seu discursinho medíocre eu poderia fingir que era surdo sim minha mãe usava muito esse método com meu pai e dava certo deixou de escutar muita merda com isso e escapou de belas encrencas não eu vou tampar os ouvidos com as mãos como aquelas crianças birrentas sim é isso todos os falatórios me soam medíocres só acredito nos homens que nasceram com as bocas costuradas ou tiveram a língua decepada os outros não me interessam e chegam a me dar náuseas um homem não deveria ter língua de sapo só escuto coaxar e coaxar o tempo todo um coaxar insuportável me contou que Estela tinha escolhido uma péssima hora para morrer eu sorri indiscreto com o absurdo daquela afirmação agora poderíamos escolher a hora do nosso infortúnio¿ mas ele pareceu não se importar na verdade ele não se importou ele queria desabafar e um par de orelhas eram suficientes calhou de eu ter duas orelhas nessa tarde de sol esticado cocei e tirei um pouco de cera não para escutar melhor mas para me distrair daquele discurso fúnebre Estela não era ruim você precisava ter conhecido era uma pessoa boa e ele ousava dizer isso logo para mim que a conhecia como ninguém que percorri cada centímetro tenebroso do seu corpo porque ela também se fingia de noite de pedra de pó de abismo se camuflava atrás das árvores frondosas das estradas sinuosas e quantas vezes não me vi estuprando e fecundando uma flor no lugar de sua buceta precisei voltar ao pé do caixão e me certificar de que falávamos da mesma pessoa sim com toda certeza era ela tudo bem agora ali naquele lugar estendida nessa caixa de madeira não vislumbrava a fisionomia de Ester a mesma roupa o mesmo calçado a mesma boca que tantas vezes chupou meu pau e cuspiu minha porra você sabe como é essa vila temos muitas dificuldades por aqui chove pouco as plantas nascem e não crescem foi um ano ruim a safra foi para o beleléu e tantas dívidas meu Deus quem iria pagar o caixão quem iria arcar com as despesas do velório porque você sabe morrer custa caro ainda mais para quem viveu a vida inteira na miséria o que eu poderia dizer àquele homem doido diante de mim¿ fiquei calado era o melhor que eu fazia era o que eu sabia fazer um dia passou um vendedor por essas bandas você já viu um desses¿ já já vi muitos é o que mais tenho visto nessa vida vendedores políticos e falastrões então um desses vendedores me veio com um boleto grande pesado assustei com a quantidade de números dentro daquela coisa então o vendedor me disse é preciso se prevenir porque hoje você está aqui amanhã sabe-se lá Deus onde estará e você vai querer deixar esse transtorno para sua família¿ apalpei meu corpo com medo esconjuro meu corpo não deve dar tanto trabalho é cavar um buraco e deixar o tempo semear deveria ter escutado o vendedor e feito o consórcio você sabe como funciona a pessoa morre e eles cuidam de tudo se bobear até o choro eles fingem para o enterro parecer mais bonito mas eu estava sem dinheiro achei que era bobagem e logo depois veja que desgraça Estela morreu e nem caixão tínhamos nem flores nem lugar para o velório o jeito foi apelar ao seu pai eu nunca desconfiei que Estela tivesse pai ela era toda mulher a mais mulher que conheci

[Haverá um tempo em que nenhum túmulo será coberto por gramas verdes e sintéticas os corpos exibirão sua fartura brotarão como batatas sobre a terra úmida não precisarão ser enterrados para fugirem da vergonha da podridão ou do sorriso das hienas as unhas permanecerão intactas sem conhecer a falência do tempo as carcaças serão higienizadas e não lembraremos mais o cheiro das flatulências os olhos serão sutilmente abertos e os defuntos poderão morrer contemplando os touros copulando com as putas ou observando a mesquinhez dos animais frágeis e infindáveis]

Dei um jeito de sair devagarzinho de forma que parte do meu corpo ainda estava naquele canto escutando aquele homem lunático e outra parte estava aos pés do caixão de Estela massageando com discrição o seu clitóris tocando pela milésima vez o bico roxo do seu seio esquerdo bem poderia ser o direito mas as flores o cobriam e por um minuto tive raiva de toda espécie vegetal e agora sua carne era um pouco verde também eu precisava urgentemente suspendê-la tirá-la do meio daquele lixo levá-la comigo fazê-la ressuscitar e ressuscitar cada encontro que deixamos morrer lá fora um burro de carga esperava e era um cavalo que eu via

Cocei dentro da orelha para escutar melhor o excesso de cera frequentemente me ensurdecia de quem era aquela voz era o homem preto suposto marido de Augustina desembestado novamente em narrativas estapafúrdias disse que Stela se fartava de laranjas limas da Pérsia ou seria Índia¿ principalmente nos confins de setembro fechei a cara torci a boca fiquei extasiado porque nunca atinei que ela se interessasse por frutas tão exóticas e longínquas a mim pedia cerejas ordinárias de quintais alheios e amoras vagabundas que se alastravam nos acostamentos das estradas entre o asfalto e um corpo morto

Me senti traído havia tanta intimidade na partilha de frutas distantes comigo se contentava em colher frutos silvestres que se ofereciam de graça todos abundantes diante dos olhos laranjas limas da Pérsia¿! nunca imaginaria tal sandice choraria se tivesse algum dia me acostumado ao choro me direcionei novamente em frente ao espelho estava velho era evidente a musculatura do meu abdome já não era a mesma da época que nos conhecemos nem os meus bíceps estavam tão invejáveis quanto antes as minhas pernas estavam mais arqueadas no entanto o meu pau ainda podia se vangloriar de ereções espontâneas e minhas mãos e minha língua ainda provocavam maravilhas comecei a desprezar as fodas e desejar um tempo só de cócegas

Queria ter deixado a sala rápido antes que minha última palavra ecoasse pelos ouvidos daqueles homens aparentemente dementes porém não foi isso que aconteceu meus pés estavam colados ao assoalho por um minuto fiquei estático e apavorado por mais que fizesse força não conseguia mover nem um milímetro a minha esquerda um espelho me devolvia uma imagem magra e incoerente tirei uma das mãos de cima do caixão e levei ao rosto a minha barba estava com exatamente três centímetros e meio levei uma das mãos ao bolso e retirei uma navalha eles ficaram assustados imaginaram que eu fosse atacá-los no entanto eu queria apenas chegar mais perto do espelho e aparar meus pelos era visível não era apenas Esther que apodrecia e se fingia de escombros eu também estava esfarelado e eu sentia os cupins roendo minha carne e as baratas à espreita de repente as mulheres começaram a me puxar e gritar não entendi nada eu era inofensivo pelo menos naquele momento eu não representava perigo nem para uma mosca no entanto elas continuaram gritando que eu não olhasse os espelhos eles não deveriam estar ali os defuntos não podem se fitar no espelho se isso acontece antes de eles terem consciência de que estão mortos suas almas podem se perder para sempre enquanto algumas gritavam outras correram e colocaram lençóis negros em cima dos espelhos confesso que senti um grande alívio eu já não podia me deparar com a falência do meu corpo as minhas vistas começaram a embranquecer novamente não era possível que eu não conseguiria suspender o corpo de Estela era ridículo ficar a mercê de homens elípticos peguei o lenço do bolso e embebi na jarra que estava do lado do caixão ao menos o cheiro não era ruim eucalipto talvez passei pela testa e depois desci até o peito no entanto o calor não diminuía e a minha pressão continuava a cair escutei um zunido ensurdecedor desisti de me esforçar para manter as pernas eretas erguei com calma não queria quebrar o dente cai calmamente quando acordei os homens estranhos me olhavam atônitos e as mulheres sorriam como que adivinhando a fraqueza certas dos machos não discursei mais naquela noite

 É difícil ficar calado por muito tempo assim que o meu corpo tomou novamente vigor eu voltei a conversar claro não me agradava nem um pouco manter contato íntimo com pessoas desse nível mas não havia outra alternativa se eu desejava mesmo suspender Agustina daquele caixão e levá-la longe dali eu precisaria da ajuda daquela gente mesquinha para me fortalecer eu não comia havia dias e bebi água apenas o suficiente para não morrer desidratado eu teria que conquistá-los eles precisavam confiar plenamente em mim eu precisava comer carne urgentemente eu teria que convencê-los a me servir o jantar eles não me pareceram nem um pouco hospitaleiros ofereceram até manjar à defunta no entanto ignoraram totalmente a minha fome olhei os meus dedos eles estavam ossudos minhas falanges estavam arroxeadas além de tudo era uma noite fria

 Minha paciência não durou muitas horas estava exausto e fingir não fazia parte do meu repertório eu preferia morrer de fome e sede a me subjugar querem mesmo saber¿ chega estou cansado desse dialeto de vocês começo a imaginar que conseguem falar perfeitamente a minha língua e só inventaram essa coisa de linguajar cifrado com a intenção de me confundir um exilado é um problema em qualquer vila de repente posso conhecer os segredos mais antigos e mais bizarros aqueles que seus ancestrais guardam a sete chaves vocês não querem que eu me misture consideram os que aparecem do lado de lá uns amaldiçoados no entanto isso não passa de paranoia e o pior uma paranoia coletiva tenho pena da minha pequena Estela deixam ela exposta feito um animal carniceiro se ao menos tivessem oferecido a ela um velório digno mas seus homens são tão preguiçosos não têm coragem sequer de fabricar um caixão decente pela qualidade tenho certeza de que utilizaram madeira de móveis velhos não entendo como ela foi parar num lugar destes tenho certeza de que o seu corpo deve estar coberto de urtigas ela tinha pavor de gente ignorante dizia que a ignorância era dez vezes mais perigosa que a maldade e por burrice muita gente tinha cavado a própria cova agora estou aqui discutindo com um bando de fanáticos e querem mesmo saber não se conhece um homem cartografando sua cara

Você tem razão não existe um traço muito marcante no seu rosto e posso jurar por Deus se eu vivesse feito estrangeiro por aí encontraria mais de um milhão de rostos iguais ao seu no entanto vivemos numa vila pacata e as coisas aqui demoram a acontecer por isso uma grama que brote torta no chão pode ser assunto para anos e até trazer discórdia entre amigos íntimos não esquecemos tão fácil dos homens que pisam essa terra esquecemos menos ainda de homens que querem levar nossos defuntos a outros distritos como se não fossemos capazes de cuidar bem da alma dos nossos mortos além disso você traz sim um traço marcante olhe bem para o rosto do pai de Ester veja se vocês não têm o mesmo rosto eu corto meu pescoço se me engano

Ainda não tinha pousado meu olhar sobre o pai de Ester embora eles tivessem me falado sobre ele eu mal observei sua aparência física o pai dela não me causava interesse por que haveria de causar se nem mesmo ela nunca tinha me falado sobre o pai¿ Eu não queria saber da onde vinham os genes que me faziam feliz e eram responsáveis por Estela ser quem Estela era o engraçado é que não consegui me manter indiferente àquelas palavras eu precisava ver com meus próprios olhos eles não eram de confiança no entanto a minha curiosidade foi maior e me coloquei em frente daquele que se autodenominava pai de Estela primeiro não senti nada não consegui enxergar nenhuma semelhança e até achei ele bem mais parecido com a turma da aldeia entretanto depois de alguns minutos fiquei impressionado realmente éramos muito parecidos apesar de eu aparentar ser pelo menos trinta anos mais novo se percorrêssemos as linhas e as rugas ainda por vir podíamos dizer que se tratava de pai e filho no entanto isso não foi o mais estranho o mais inusitado foi que encontrei naquele rosto todos os indícios de morte sim com certeza ele era um cadáver e não sabia seus olhos eram baços as olheiras fundas a pele macilenta primeiro pensei que estivesse apenas sugestionado pelas coisas ouvidas no povoado entretanto logo o vi correndo e ele espirrava urina e defecava ao mesmo tempo a morte o espreitava esperei ele voltar e pude observar os seus músculos estavam frouxos já não se encaixavam nos ossos a pele acima do nariz estava descamada puxei uma conversa qualquer porque queria confirmar minha suspeita e não deu outra a sua voz era aguda como a voz dos agonizantes e a sua língua estava negra ele não tinha mais do que dois meses de vida fiquei calado atônito levei pelo menos duas horas olhando aquele velho e cartografando o que num futuro próximo seriam minhas linhas de expressão sempre achei que envelhecer era um martírio e agora em frente a esse espelho mórbido eu tinha certeza eu estava ficando enjoado de modo que tive de tirar novamente as mãos as quais estavam prontas para agarrar Ester e colocá-las à boca caso contrário o meu vômito a encharcaria

Tive de me conter amarrei mentalmente as mãos atrás das costas pois meu primeiro impulso foi ir até a frente daquele homem e violentar o seu rosto agarrar com as pontas dos dedos sua pele flácida e esticar esticar e esticar até que sua fisionomia voltasse à juventude e eu pudesse me olhar num espelho mais confortável mas nada disso aconteceu antes que eu pudesse me desamarrar ele começou a pronunciar palavras chulas pelo menos pelas suas expressões eu imaginei se tratar de expressões chulas naquele seu dialeto estranho e ininteligível no entanto não tive tempo de ofendê-lo ou puni-lo pois um homem extremamente branco entrou em sua defesa pediu que eu parasse com tolices afinal não era apenas o pai de Estela que falava aquela língua estranha e ultrajante eu também me valia dela era exatamente a mesma língua os mesmos vocábulos os mesmos xingamentos as mesmas entonações talvez a única diferença estivesse em certo sustenido ou bemol não entendi nada tampouco tentei discordar a meu ver naquela terra eu sempre estava em evidente desvantagem ou eu era louco ou todos eles não batiam bem da cachola

Não entendi a intenção do branquelo louco afinal o que pretendia dizer com aquele discurso insano¿ eu não falava a mesma língua do pai de Esther nem sequer consegui emitir um grunhido desde que cheguei à aldeia como ele tinha dados para comparar a minha língua com a do pai de Estela¿ Que tínhamos a mesma fuça agora se mostrava evidente provavelmente morreríamos os dois com os rostos coberto de rugas e com um bigode chinês profundo feito uma cova mas afinal quem não morrerá coberto com rugas¿ Apenas os desafortunados assassinados pelas circunstâncias e isso não era o nosso caso o pai de Augustina era forte feito um touro aposto que não pegava nem resfriado eu não tinha todo esse vigor dos homens das pequenas cidades porém trazia uma espécie de niilismo o qual me impedia de sofrer o desabamento da força física não peguei vermes na infância e posso contar nos dedos as vezes em que tive os ossos quebrados virei a cabeça em sinal de negativa

Os homens e as mulheres começaram a mexer os quadris suspender e balançar as mãos numa espécie de orquestração insana mas orquestravam o quê¿ Olhei novamente os lábios do pai de Esther e percebi que ele abria e fechava a boca cheguei mais perto e só então percebi ele cantava uma espécie de sonata entre graves e agudos fiquei sem saber como interferir não sabia se fazia um dueto ou gritava com aquele homem hediondo que roubara a minha face e agora a expunha sem a mínima vergonha para todos os outros seres daquele povoado imundo sim era ultrajante que ele tivesse coragem de sair com uma carranca pendurada na cabeça não Esther não quero te ofender não é sobre você ou sobre seu riso que falo é sobre seu pai no entanto você sabe prefiro rasgos a risos por isso gostava quando se movia calada pelos cantos obscuros da sala de repente todos abaixaram os braços e a cantoria cessou havia um espelho do lado oposto ao cadáver de forma que havia duas Estelas mortas uma me olhava atônita a outra me ignorava aos poucos aquela partitura se desfez e eu senti a musculatura do meu rosto desenrijecer

[Haverá um tempo em que as mandíbulas cansadas encenarão uma comédia de costumes e nenhum som ressoará entre os palatos rompidos o teatro abrirá as cortinas ao menor sinal de espectadores não pagantes a protagonista soltará uma gargalhada estrondosa e o resto dos mortais nunca mais confundirá catarse vida e tragédia]

Penso que você é o legislador e está camuflado com esse disfarce de homem comum Que besteira é essa¿ O que quer dizer com isso¿ Não entendo uma palavra do que pronuncia aliás as palavras não dizem nada discursos prestam apenas para ferir a boca peixe só morre mordendo isca porque é surdo eu sou um bom observador desde criança fui testemunha ocular da tragicidade-monstruosidade da vida nem tente me enganar eu sei eu vi você veio da Outra Margem vá me conte o que acontece por lá por que ninguém volta quando atravessa a Outra Margem¿ Você é louco não sei do que está falando eu não sou ninguém ninguém ninguém ouviu bem¿ Demorei anos para ser esse estrangeiro perdi décadas para me desviar da carniça tenebrosa das manhãs foram tempos árduos para me transformar nesse anônimo que se apresenta a você sem rosto sem corpo sem articulações sem músculos sem máscara não queira agora com meia dúzia de palavras fiadas me fazer Lei me dar uma identidade uma função eu não tenho função alguma não presto para serviço nenhum olhe minhas mãos não sabem ainda pinçar os objetos e os meus ouvidos são surdos aos acordes desse mundo Mas você é o legislador não é¿ Já disse não sei nada sobre isso nem sei o que faz um legislador e nem quero saber não me tente com propostas indecentes ainda tenho um certo brio Ah que bobagem não se preocupe com isso nenhum de nós sabe o que faz um legislador seria absurdo nos metermos em assuntos que desconhecemos sabemos apenas que ele é um exímio nadador vejo bem que tem ombros largos mas apesar da nossa ignorância sobre suas funções ficamos felizes que ele exista e todos do povoado esperaram aflitos que ele atravessasse a Outra Margem e depois voltasse para nós não tenha medo todos respeitam o legislador é uma honra você ser confundido com ele e isso só pode lhe trazer benefícios e nunca prejuízos Cale a boca idiota!!!! Você não sabe o que diz! Quanta ideia estapafúrdia sua cabeça é capaz de criar¿ meus ombros são largos de tanto carregar cadáveres é isso que faço dia e noite carrego os defuntos de um lado a outro até eles encontrarem lugares confortáveis onde possam descansar em paz por vezes atravesso o rio a nado por isso a musculatura do meu corpo é invejável embora eu prefira os homens que deixam os ossos transparecerem atrás da pele agora o cachorro arregaçava a boca e mostrava os dentes afiados não passava de um vira-lata mas impunha certo respeito

Está certo que tenho há muitos anos terror de qualquer bicho ou animal que traga caninos na boca quando criança fui mordido por um desses cães calados que se fingem de mansos que demoram a arreganhar os dentes mas na primeira oportunidade tiram uma lasca da gente claro não devemos nos deixar levar por falsas impressões ou por fantasmas do passado eu não sou esse tipo de homem que arrasta por anos a fio cadáveres que deveriam estar enterrados E Esther¿ me pergunta um homem calvo e desavisado O que minha doce Estela pode ter a ver com esse assunto¿ falamos de mordidas bichos e cachorros raivosos Esther é a mais doce das mulheres ESTHER ESTÁ MORTA intrigueiro filho da puta como pode afirmar isso da minha garota¿ ela está viva mais viva que nunca está cego¿ será que não a viu descansando naqueles carvalhos frondosos¿ Tolo aquilo era um caixão! Chamem pelo nome que quiserem porque eu sei o que significa isso tudo e sei que nomes são etiquetas falsas e descolam com facilidade onde você vê escrito desespero eu vejo sonho e vejo Estela linda e meiga como antes mas não quero me perder em réguas temporais antes e depois existe para os medíocres que precisam contabilizar o tempo a mim todos os dias são agora

Toda a conversa me soava como um sonho um pesadelo não entendia porque aquela gente não parava de me encarar como se eu fosse um salvador eu não podia salvar ninguém nem a mim mesmo não passava de um cachorro vira-lata eu era a escória do mundo conhecia de cor e salteado todas as falcatruas possíveis todos os golpes poderia matar um homem com uma caneta bic embora nunca o tivesse feito estava longe de ser uma figura mítica ou lendária não que isso não tenha me feito suspeitar que talvez eu pudesse parar por alguns meses naquele povoado e me aproveitar da hospitalidade e da identidade que me forjaram mas e Estela¿ O que ela diria¿ Como poderia pensar em aproveitar daquela gente no estado em que Ester se encontrava¿ Como poderia deixá-la mofando naquele caixão ridículo ao lado daquela gente mesquinha e feia¿ Por outro lado Estela sempre me apoiou quer dizer ela nunca foi de falar muito mas se nunca reclamou de nada por certo me apoiava e talvez agora me apoiasse também talvez eu devesse tentar travar um diálogo com ela mas não sei se ela responderia ela é tão arredia é calango assustado quando eu a colocava contra a parede ela dava um jeito de se esquivar até que eu esquecesse a pergunta talvez eu deva ficar e não explicar nada eu sou homem não devo explicações a ninguém pode ser que ela goste de passar mais um tempo por aqui junto aos seus olho para o seu rosto e ela parece cravar um pequeno sorriso sorrio de volta a gente se dá bem como poucos casais no mundo viro e procuro o homem que me cunhou a designação correta de legislador

Não era possível me enfurnar com Estela naquele povoado fúnebre se ela ao menos ficasse brava cuspisse ou gritasse comigo mas ela preferia permanecer naquele mutismo invejável acho invejável quem consegue manter a boca fechada e não proferir nenhuma palavra as palavras se perdem em contradições musgos muros e paradoxos calados tínhamos mais chance de durar pelo menos cem anos sem sermos atacados por ignorantes estava cansado confesso que a proposta de sentar tirar os sapatos e estender os pés naquela terra me tentava bastante não não faria isso já tinha sido enganado antes a porta pela qual entramos nunca tem a mesma cor ao entardecer olhei novamente para o corpo gelado de Dora os olhos fechados a boca fina e simulando um sorriso respirei fundo tomei fôlego abanei minha mão em sinal de adeus abaixei para suspender o corpo de Augustina no entanto ao olhar para o lado percebi que eu me interpunha entre Esther a estendida no caixão e Estela a de fitas nos cabelos presa ao espelho agora essas duas figuras não mais se duplicavam era eu que me duplicava como em uma cópula vulgar e instantânea meus ombros estavam mais caídos do que imaginava e nas minhas costas nascia uma enorme corcunda automaticamente larguei Estela e levei as mãos ao dorso deformado ouvi suas vértebras estalarem com a queda todos me observaram boquiabertos entretanto não tiveram coragem de se manifestar se existe algo que devora o mundo com violência é a covardia fingi não perceber o barulho coloquei novamente os braços por baixo do tecido leve que Ester trazia no ventre dei dois passos olhei para o espelho o único descoberto Estela era duas novamente suspirei demoradamente uma quase morte e retirei Ester do escombro

No entanto não era uma tarefa fácil resgatar alguém mergulhado nas próprias ruínas tive a impressão de que Esther se acostumou com a porquice daquele lugar com a geometria simples dos quartos com o cheiro de alcachofras de forma que seu corpo não parecia o mesmo havia um peso incomum e seus quadris se inclinavam em direção ao caixão que acabara de deixar imaginei que se me virasse e olhasse novamente para o espelho teria uma imagem apaziguada ou fantasmagórica mas de certa maneira esperava uma matéria morta foi mesmo uma ingenuidade os espelhos guardam objetos que ainda respiram tomei fôlego e com Estela nos braços encarei o espelho porém já não via a minha imagem refletida apenas Esther se exibia na superfície lisa daquele pequeno objeto retangular não via mais meu rosto nem a corcunda que tomava parte das minhas costas não ver é não se responsabilizar endireitei os ombros ajeitei melhor Estela sobre as omoplatas e retirei o escombro de Esther

    O sol estava forte a estrada estava seca pequenas pedras me incomodavam os sapatos minhas canelas estavam imundas eu precisava achar um mato rasteiro e parar à beira da estrada olhei de relance o rosto de Stela ela parecia confortável com a situação talvez a viagem para ela fosse mais tranquila já que estava sendo levada nas costas e não precisava se preocupar com a dificuldade em caminhar sobre um solo tão árido assim que avistei uma árvore parei tirei Esther dos ombros a coloquei sob a sombra e estiquei as articulações elas faziam pequenos barulhos como estalos de galhos secos não demorou muito e vi um cão vindo em nossa direção procurei algo para me defender não sabia se era bravo ou se estava com raiva peguei um pedaço de pedra e o ameacei pensei que dessa forma ele desistiria de chegar perto de nós e seguiria viagem sozinho no entanto o cão era branco e estava tão magro e sarnento que não apresentava perigo nem para uma mosca ele não se importou com a minha mão ameaçadora fingiu não ver continuou andando em minha direção cheirou minhas pernas depois foi até Estela e deitou escorado no seu corpo tentei afugentá-lo novamente no entanto ele mostrou a gengiva disposto a me morder para não sair de perto do corpo da minha pequena Esther não entendi direito mas logo vi que era o mesmo cachorro que estava velando Estela embaixo do caixão achei melhor não contrariá-lo deixei-o descansar logo mais seguiríamos nosso trajeto um cão não devia ser um problema em um lugar despovoado como aquele imitei um uivo assim ele teria consciência de quem mandava ali ele não abriu os olhos ignorava minhas ordens

Não dormi muito tempo no entanto acordei com os olhos pesados tive a sensação de ter varado duas noites minhas calças estavam ensopadas fiquei em dúvida se era suor ou mijo não conferi não costumava suar durante o sono minhas pálpebras estavam levemente inchadas poderia afirmar que peguei uma conjuntivite de uma hora para outra procurei a colher que trazia na mochila retirei e coloquei em frente ao rosto eu estava certo havia uma bolota vermelha alaranjada deformando os meus cílios coloquei o metal em cima quem sabe o tamanho diminuísse inútil resolvi deixar para me preocupar depois afinal fora o cachorro não tinha uma alma viva ali olhei Estela ela ainda dormia feito uma pedra o cão continuava escorado em seu corpo contudo assim que o observei ele levantou a cabeça e a apoiou no seio de Esther senti vontade de dar uma paulada naquele sarnento mas vi que Estela não se importou e até esboçou um sorriso de satisfação o sol estava muito forte achei mais prudente esperar umas duas horas até seguir viagem o cão deu um pequeno bocejo e voltou a dormir agora com as patas escoradas na pélvis de Estela ela não reagiu

A estrada estava ruim de modo que saímos do escombro à ruína por um instante tive medo de que Esther desistisse de viajar comigo afinal apesar de eu ser homem não podia oferecer nada a ela claro havia o sexo porém qual animal não sabia foder nesse mundo¿ até desconfio que as aranhas fodem e tecem as teias do seu enforcamento com mais vigor que os homens eu precisava me acalmar Estela estava bem apesar de tudo sua pele estava corada e seus mamilos estavam como duas pedras de tão rijos ela reclamava com frequência tinha medo do dia em que a flacidez devorasse seus seios agora ela poderia relaxar a flacidez foi ludibriada observei com afeto o seu rosto ela mantinha os olhos cerrados fiz sinal que o cão silenciasse ela estava exausta era bom que dormisse assim não se irritaria devido aos percalços da viagem o cão parecia não se importar com nada que eu fizesse bocejava constantemente na certa para manter um ar de desdém sabia que os cães eram fiéis a seus donos no entanto aquele era um cachorro de rua não devia fidelidade a ninguém e quando não devemos nada a ninguém aprendemos a lamber a mão de quem bem entendemos embora passasse das seis da tarde o sol explodia em cima da minha cabeça e eu poderia afirmar com convicção mesmo não portando um relógio que não passava das doze e trinta continuei caminhando o cachorro não me olhava continuava bocejando três vezes seguidas quando ralhava com ele no entanto apesar de demonstrar nojo não saía de perto da barra da minha calça e eu estava me acostumando àquela figura enigmática e sarnenta meu ombro direito estava doendo muito talvez estivesse deslocado Stela é uma companheira compreensiva sim é a mulher que todo homem sonhou não abria a boca para reclamar de nada calada claro já houve épocas em que falava mais do que maritaca com ataque de nervos no entanto fazia muito tempo que se acalmara a minha pele queimava o suor escorria pelo meio das minhas pernas a minha bunda estava assada os braços de Stela já estavam ficando duros de tanto ficar estendidos ao longo das minhas costas assim que avistei uma pedra um pouco maior resolvi parar e descansar um pouco foi quando vi um homem e um cavalo minto um burro chegar perto de onde descansávamos boa tarde está tudo bem com vocês¿ sim sim está tudo bem um pouco esgotados por causa da viagem mas bem é sua mulher essa que dorme no capim¿ é sim é minha mulher por que¿ ela não me parece muito bem tem certeza que não está acontecendo nada com ela¿ claro que tenho o que está insinuando¿ nada homem apenas me preocupei achei ela um pouco pálida os olhos arroxeados mas não deve ser motivo de preocupação a anemia é uma doença bem comum por essas bandas quanto você quer por esse burro¿ do que você está falando¿ ah não ele não está à venda é meu amigo meu companheiro já passamos por poucas e boas juntos mas deve ter um preço que pague essa amizade não tem preço não amigo é meu companheiro eu preciso continuar a viagem minha mulher tem a saúde frágil não vai aguentar por muito tempo essa caminhada foi o senhor mesmo quem disse que ela estava pálida feito um cadáver calma aí amigo não foi bem isso o que disse só falei que deveria ficar atento à saúde da moça não se brinca com a vida porém se o seu problema for esse quero dizer se estiver querendo comprar o meu pobre burro por este motivo talvez eu possa te ajudar como você poderia me ajudar¿ eu dou uma carona para vocês é só vocês se embolarem na boleia mas não me venha com cachorros sarnentos detesto cachorros se ele for junto o trato está desfeito não se preocupe o cão não está comigo quem você está querendo enganar¿ e eu não estou vendo ele farejando feito doido o peito da sua mulher só falta mamar neles estou dizendo a verdade esse cachorro apareceu na estrada e começou a nos seguir eu o espantei e o enxotei diversas vezes mas foi inútil tudo bem não se preocupe desde que ele não pise na boleia não tem importância não ligo que siga o caminho da carroça trato feito aperte aqui a minha mão mas amigo você tem certeza que não vende o burro e a carroça¿ eu até tou precisando de uns trocos quem não precisa não é mesmo¿ mas meu amigo não posso esse burro é o meu sustento além disso caminho dia e noite com defunto por essas estradas até tenho precisão de um descanso mas esses mortos não me dão sossego morre um todo dia não param de morrer é incrível não fico um diazinho sequer sem levar esses homens para a última viagem imagine as pessoas morrem todos os dias quando não morrem são assassinadas vida dura vamos subam aí atrás preciso continuar a viagem já estamos subindo você tem certeza de que a sua esposa passa bem¿ sim ela tem aquela doença de nome estranho catalepsia já escutou¿ como não¿ se eu mesmo com esses olhos que a terra há de comer vi um povoado inteirinho de catalépticos aquilo era um horror não consegui ficar um dia naquele lugar apavorante só tomem cuidado com a defunta aí atrás eu preciso levar ela intacta à família de repente senti uma vontade irresistível de levantar o lençol e ver a cara da morta esperei o nosso anfitrião se distrair e rapidamente levantei o pano quase cai da carroça aquilo era impossível não podia ser verdade tinha algo de muito sinistro naquele lugar a morta era igualzinha a Esther não sabia o que pensar

    E pensar nunca foi mesmo o meu forte gosto de me deixar levar pelos acontecimentos pelas evidências no entanto aquela imagem a minha frente me desconcertou não era possível uma coisa daquelas de duas uma ou eu estava louco ou Augustina tinha uma irmã gêmea e o mais inusitado com certeza não seria ela ter uma irmã com a compatibilidade perfeita de genes o impressionante era as duas juntas ali no mesmo lugar e nenhuma das duas querer esboçar nenhuma reação nem de júbilo nem de tristeza confesso que imaginei um encontro mais efusivo não consigo imaginar encontrar com meu irmão sem trocar abraços e beijos afetuosos as duas entretanto permaneciam como duas mortas se bem que a outra estava realmente morta quer dizer não que eu tenha conferido o fato apenas levantei o lençol estou confiando no que o carroceiro me informou porém eu não devia confiar tanto em estranhos parei de olhar feito bobo para a defunta e me direcionei ao carroceiro e aí amigo você tem certeza de que essa mulher aqui atrás está morta nem brinque ela já começa a feder de tão morta mas eu vi ela se mexendo larga de coisa homem estamos numa carroça a estrada é ruim infestada de buracos é normal que a defunta sacoleje isso porque nem anoiteceu ainda se continuar assim vai se cagar nas calças quê isso perguntei por perguntar se não se importa para onde estamos indo¿ a defunta por acaso tem família¿ e o senhor já viu morto se enterrar sozinho¿ só levo na minha carroça defunto com registro os outros os bichos comem pela estrada a família deve estar sofrendo essa hora devem estar sofrendo muito mesmo o marido não parou de se lamentar por não ter comprado uma daquelas assinaturas funerárias você já deve ter escutado falar desses vendedores cheios de falcatruas que chegam na casa dos aposentados e tiram dinheiro dos pobres coitados com a promessa de que irão fazer um enterro digno mas tão digno que eles iriam querer ter morrido muito antes no caso desse pobre marido não deu certo como a esposa estava na flor da idade com saúde para dar e vender ele expulsou o vendedor da casa no fim das contas teve que se contentar com os meus serviços que são baratos mas não são lá essas coisas com pouco se faz pouco meu pai já dizia

Caminhamos alguns minutos na estrada e logo avistamos outro viajante ele parecia bem cansado fez sinal que parássemos alertei o carroceiro que não desse trela afinal era perigoso ficar pegando qualquer um pelo caminho ele com certeza ficou sabendo do caso do caminhoneiro que ficou sem as duas pernas depois de ter abrigado um indigente deu um sorriso sarcástico e disse que se pensasse dessa forma eu não teria subido na boleia concordei meio contrariado o homem trazia uma maleta grande e preta e outra de tamanho menos considerável a maior pelo jeito era bem pesada pois o seu ombro direito era uns dez centímetros mais baixo que o esquerdo boa tarde companheiros não gostaria de interromper nem atrapalhar a viagem dos senhores mas veja bem tenho um problema enorme como estão vendo trago uma mala bem pesada e o meu burro empacou uns dez quilômetros para trás claro não farei os senhores voltarem o caminho para eu desempacar aquele jumento mas ficaria muito grato se me dessem uma carona até a vila mais próxima sabe como é sou caixeiro-viajante passo pouco tempo em casa se demorar ainda mais terei problemas com a minha esposa ela é um doce de pessoa mas quando embesta nem quero falar Zvjezda fica uma fera é eu sei é um nome bem estranho ela é descendente de russos e as más línguas até afirmam que ela é uma parente distante daquele jogador inveterado vocês já devem ter ouvido falar dele Dostoievsky bem se não ouviram não tem importância era um encrenqueiro de marca maior melhor que não tivéssemos ouvido falar nada do cabra mas voltando a minha pequerrucha chamo-a assim apenas na frente de estranhos seu verdadeiro nome é Svetlana mas ela gosta que eu a chame de Sveta ou Lana mas eu gosto mesmo de chamar a minha pequena de Stela sim Sther lhe cai tão bem antes que perguntem o que trago na maleta não se preocupem não são explosivos nem armas perigosas são livros eu sou um vendedor de livros não precisam me olhar com essas caras de espanto muita gente sabe o que é um livro hoje em dia embora confesso nunca vendi um por essas bandas acabo tendo que oferecer parcelas de carnês para defuntos vocês querem dar uma olhada eu preparo tudo do caixão até a maquiagem e as parcelas são bem baixinhas afinal todo mundo morre ninguém fica para semente sim meu amigo eu sei tenho um corpo bem aí atrás estou levando a esposa morta ao marido o caixeiro-viajante se sentiu ofendido e se calou depois tentou nos empurrar uma enciclopédia de literatura fantástica quem hoje em dia tem tempo para uma coisa tão inútil quanto à leitura¿ Admiro os espíritos ingênuos lá fora o cão ganiu longamente concordando com minhas constatações

A ofensa não durou muito tempo contei até quarenta mentalmente e ele disparou a falar sobre as vantagens de fazer um convênio de morte com ele claro falando dessa forma parece algo absurdo e até um pouco macabro no entanto com um pouco de conversa as pessoas compreendem morrer é um processo natural e se tudo já estiver devidamente maquinado o defunto vai embora para os quintos dos infernos com mais tranquilidade e aliás o alívio vem para todos os parentes não precisam fazer tudo de última hora porque vocês sabem muitas mortes vem de supetão está tudo muito bem funcionando com satisfação a maquinaria está perfeita a engrenagem andando sem solavancos e a coisa estoura de repente às vezes tem uma semana de coma e mais uns dias comendo de sonda outras vezes nem isso o disgramado resolve morrer dormindo e pega todo mundo desprevenido e é um corre para cá e corre para lá danado mas não para os que resolveram fazer negócio comigo para esses não tem erro a única preocupação que têm é chorar pelo defunto o resto eu faço era só de um imbecil desses que eu precisava para me achar mais suportável sim porque quando me deparava com certos tipos de homens eu me perdoava da maioria absoluta dos meus pecados ele cuspiu para fora da boleia e logo emendou outra conversa agora falava das maravilhas das literaturas estrangeiras sim porque nesse país ninguém sabe o que é isso nunca me deparei com escritor nenhum por essas estradas desconfio que não existem escritores por essas bandas a genialidade foi parar bem longe daqui você pensa que gosto de ficar perdendo meu tempo vendendo carnês e enciclopédias enfeitadas¿ Claro que não eu gostaria de gastar meu tempo criando uma obra genial uma narrativa inesquecível algo original e inimitável mas sabe como é quem nasceu para burro não chega a cavalo meu pai tinha razão não adianta querer enfeitar cabeça de galinha para ela pagar de galo a verdade é que precisamos sobreviver e para sobreviver fazemos qualquer negócio a vida não suporta metafísicas nem ontologias o buraco é mais embaixo não quero amolar os senhores com meus assuntos vamos falem sobre vocês afinal até o homem mais tolo do mundo não sai de casa sem as ceroulas esse vendedor de livros era mesmo um sabichão tentava nos enganar com suas palavras enroladas e seus pensamentos tortos mal desconfiava que éramos velhacos e não acreditávamos em ninguém que andava em duas pernas suspirei forte e completei eu não sou daqui sou um estrangeiro de forma que minha metafísica é outra ele me olhou complacente e não se mostrou assustado com a minha declaração inconsequente continuou a sentença afirmando em terra de hienas cachorros eram bem-vindos afinal os cães pardos eram da mesma árvore genealógica dos lobos brancos não demorou e escutei o cão ganindo embaixo da boleia

[Haverá um tempo em que os cadáveres sorrirão com suas mandíbulas preguiçosas pele ossos e murmúrios marcharão solenes sobre o jardim das delícias empunharão os paus eretos ejacularão no ventre tenebroso de Deus enquanto peixes espectrais estalarão os nós das falanges e apodrecerão dentro de sepulturas menores instaladas nas cidades invisíveis]

Melhor era não esperar mesmo nenhuma reação de Estela vai que ela não gostasse da irmã de repente as duas tinham sido separadas na maternidade talvez nem soubessem uma da existência da outra e depois é difícil enxergar em outro corpo íntima semelhança com o nosso eu não podia fazer nada não era prudente dispensar uma carona numa estrada onde não passava uma alma viva se eu deixasse esse carroceiro seguir viagem sem nós provavelmente morreríamos à míngua não sou exímio caçador e Alice pelo jeito não conseguiria correr atrás nem de um jabuti manco o melhor mesmo era ver as sandices acontecerem e fingir pouco fascínio não tínhamos do que reclamar dentro da carroça o sol não era mais tão quente a noite estava quase chegando eu concordaria em dormir mas logo ao pensar na ideia avistei um lago do lado esquerdo pedi licença ao anfitrião e perguntei se por acaso ele não estava a fim de uma paradinha para esfriar os pés ele hesitou um instante não podia chegar atrasado com uma encomenda tão importante eu retruquei dizendo que a situação não poderia ficar pior do que estava para a família da defunta ele torceu um pouco a cara e concordou comigo desci primeiro e logo puxei o corpo de Agustina para os meus ombros o caixeiro me olhou torto perguntou se já não era hora de despertar minha mulher ela tinha dormido a viagem inteira discordei disse que não se acorda catalépticos eles podem morrer com o susto ele não insistiu ao invés disso me ajudou a posicioná-la melhor no dorso e desceu na minha frente em direção à beira do lago se sentou eu cheguei logo em seguida com cuidado encostei Esther em um tronco à margem da água sem cerimônia retirei sua blusa já encharcada de suor não sei se meu ou dela percebi que o carroceiro estendeu os olhos sobre os seus seios duros fingi não ver mas comecei a pegar calmamente a água com as mãos e passar delicadamente sobre os bicos o homem ficava cada vez mais irrequieto no entanto não fez nenhum comentário deslizei sobre o umbigo e para facilitar o trabalho arriei as suas calças e massageei no meio das suas nádegas levei os dedos entre sua vulva para limpá-la direito olhei com os cantos dos olhos e percebi que o carroceiro massageava o pau que já estava a ponto de explodir enxuguei o corpo de Esther com meu lenço e coloquei cuidadosamente sua roupa de volta

Pensei que sairia impune daqueles gestos que nada assim que o carroceiro se aliviou ele pediu que eu continuasse estendido à beira do leito com a minha mulher ele olhava fixamente para os seus peitos os quais depois do banho continuavam com os bicos arrepiados isso me lembrou dos gritos histéricos de Esther *cadáveres não se arrepiam* minha cabeça doía tentei me desviar daquelas vozes insistentes ele enfatizou novamente eu deveria esperar ali não deveria me mover isso era necessário era uma ordem não um pedido pois ele tinha um assunto importante a resolver tentei distraí-lo das suas intenções as quais eu já adivinhava coloquei quase sem querer mas com uma pequena provocação nos lábios a mão dentro das nádegas de Augustina percebi que ele se constrangeu e fingiu não olhar no entanto o pau tem movimentos involuntários era impossível disfarçar o volume das suas calças resolvi não soltar nenhuma pergunta embaraçosa no entanto não aguentei e soltei uma gargalhada antes não o tivesse feito ele ficou irado falou sobre respeito confiança e o escambau recordou um pouco os discursos da minha mãe parei de rir na hora não por consideração eu nunca soube o que era isso mas por receio de ter que caminhar com Cecília nas costas disse para que me perdoasse desde criança eu tinha um tique nervoso e me desatava a rir nos momentos mais inoportunos uma vez foi no hospital com a minha vó tendo um choque anafilático outra no velório de uma tia gorda não devia me levar tão a sério logo comecei a simular um choro ele torceu a boca ordenou que eu me acalmasse e concordou que tinha exagerado um pouco assim mesmo reiterou que precisava de um tempo sozinho para ordenar as ideias me fez prometer que sobre hipótese alguma eu tentaria alcançá-lo até a carroça que eu o esperasse ali mesmo logo mais ele me gritaria balancei a cabeça e comecei a banhar pela segunda vez Estela que nem precisava de um segundo banho reparei que ele foi conversar com o caixeiro-viajante este logo deixou a boleia sem pestanejar levando consigo a mala maior e mais pesada não sei qual desculpa arranjou mas funcionou era evidente ele também o tinha expulsado para poder foder sossegado com a defunta eu estava doido para saber até onde ele iria com aquilo quando ele não podia mais me alcançar com suas vistas rastejei até a carroça quis ver o que ele estava aprontando e para a minha surpresa ele acariciava a irmã siamesa de Augustina ele não estava nem um pouco preocupado com a minha presença com certeza presumia que eu tinha aceitado com devoção a sua ordem maldito pervertido o canalha na verdade deveria estar com vontade de comer a pobre da minha Sther como ela não lhe deu mole pegou sua irmã mesmo queria ter um binóculo e poder ver se o peito da defunta estava tão duro quanto o de Esther ele dissimulava um banho passava a língua asquerosa pelo seu corpo todo estapeava com força a sua cara dava pequenos tapinhas em suas nádegas logo depois dava uma estocada virava-a de frente fiquei ali olhando estupefato aquelas cenas e não sei explicar qual foi o momento exato em que o meu pau começou a endurecer eu juro foi involuntário eu amava Estela não queria traí-la embora se pensarmos de forma lógica uma irmã gêmea não era bem uma traição se configurava mais como uma extensão ele sugava seus peitos grandes e dava outra estocada ficou nessa performance por quase uma hora depois gozou dentro da defunta fazendo dela uma reserva de porra deitou-se e tirou um cochilo enquanto isso eu rastejei de volta para Lúcia comecei a passar meu pau duro levemente pelas suas nádegas depois esperei suas mãos tocarem meu pau não aguentei arranquei novamente a calça de Esther meu pau latejava sentia que ia explodir um mar de porra dentro dela deixei depois fiquei olhando a minha porra escorrer de dentro da buceta dela fiquei feliz que ela não estivesse nas garras daquele pervertido não demorou e ele gritou o meu nome titubeei antes de voltar já não sabia o que aquele homem aparentemente idiota era capaz de aprontar deu uma pausa e chamou o caixeiro-viajante que veio correndo com as calças meio arriadas como se estivesse cagando no meio do mato a sua mala parecia amarrotada

Voltei devagar para perto da carroça ele se virou e me parabenizou muito bem palavra de homem não faz curva você é um homem de verdade ele falava isso enquanto limpava um resto de porra na parte de trás da calça logo em seguida deu uma ajeitada no zíper seu pau agora descansava aparentemente morto já não se via grande volume eu dei um sorriso e depois acrescentei que ele também era um grande homem afinal mesmo sem obrigação nenhuma concordou em levar a mim e minha querida esposa que era quieta mas muito confiável eu cortaria a minha cabeça por ela não exagere companheiro não se deve colocar a cabeça em risco por tão pouco rangi os dentes com força ele percebeu a minha ira e logo mudou de conversa disse que era melhor verificar a carroça antes de partir pegar um pouco de água do rio o sol já estava se pondo em pouco tempo estaria escuro e a estrada não favorecia nem durante o dia a noite então era quase impossível avançar olhei para cima as nuvens estavam pesadas perguntei se não era perigoso cair um temporal ele disse que era pouco provável naquelas bandas a seca durava mais de anos no entanto caminhar no pó também não era muito agradável vamos ajeite logo sua mulher aí atrás peça que o caixeiro de livros suba logo parece que ele está atrapalhado com a mala maior só tome cuidado com a defunta tenho que levar ela inteira aos familiares odiaria que algo ruim acontecesse com essa coitada tenho uma pena quando a morte come um corpo tão fresco essa aí mesmo ainda treparia muito sua mulher é ciumenta caso não seja dê uma levantadinha no lençol veja que delícia esses peitos se não estivesse morta eu chuparia por horas só de escutar o próprio comentário o pau do carroceiro voltou a crescer fingi não ver mas pensei o idiota nem desconfia que o vi comendo a defunta homem nojento! Dei um beijo na face de Ester antes de levantar o lençol pois ele continuava insistindo que eu deveria ver aquele par de seios fiquei olhando admirado era mesmo belo e mesmo sendo um cadáver os bicos estavam arrepiados comecei a duvidar da teoria de Estela que cadáveres não se arrepiam

Logo depois de levantar o lençol me arrependi daquele gesto impulsivo o maldito carroceiro estava querendo me influenciar sim ele queria que eu fosse infiel a Estela ela que me ama e não abre a boca para nada olhei Esther e senti remorso a mulher era mesmo uma criatura desgraçada sempre à mercê dos desejos do macho passei levemente a mão no seu rosto pálido ela esboçou um sorriso frio não era tonta embora aparentasse deve ter percebido a minha estratégia deve ter sentido a ameaça daquele corpo belo e estático se oferecendo feito puta a minha frente é difícil para um homem resistir às insinuações das mulheres se a defunta ao menos trouxesse uma blusa mesmo que fina encobrindo os seios fartos e os bicos inchados não ela fazia questão de expor a céu aberto aquela indecência comecei a sentir um pouco de pena do carroceiro afinal ele fez uma viagem bem longa e apenas depois que me viu banhando Augustina ousou trepar com o cadáver eu não sei se eu aguentaria tanto tempo de tortura só de falar o meu membro começa a responder Estela continua dormindo bem que eu poderia acordá-la com o pau no seu rabo não melhor deixá-la descansar sossegada o dia foi estressante abro o zíper e bato uma punheta enquanto os bicos da irmã gêmea de Lúcia rasgam o pano vagabundo

Aproveito que Esther e o caixeiro estão dormindo e deixo a porra escorrer pelos seios duros da irmã gêmea a semelhança é realmente incrível tenho certeza de que se eu tirar o resto do lençol e me deparar com a virilha não verei nenhuma diferença não é correto um homem calcular mentalmente sobre um fato que está nas suas fuças não tem sentido algum o certo seria eu levantar o pano estendido sobre a irmã de Esther e pousar rapidamente os olhos na sua região pélvica apenas dessa forma poderei ter absoluta certeza da minha suposição no entanto sou um homem que guarda algumas reservas e não me darei ao desfrute de levantar feito um tarado o lençol de uma defunta que nunca me fez nada embora se analisarmos com cuidado é possível perceber que ela enviou alguns sinais e eu não sou de todo maluco veja bem ela não precisaria chacoalhar dessa maneira insinuante que chacoalha dentro da carroça assim como não precisaria exibir os peitos duros e arrepiados principalmente porque sabe que está acompanhada da irmã e do cunhado sem contar o carroceiro aposto que se tivéssemos nos conhecido antes ela teria virado aquele rabo esplêndido e exigido que a comesse direito claro Estela não permitiria uma afronta desse tamanho mas as mulheres são ardilosas ela acharia um jeito de ficar a sós no jardim comigo inclinaria o dorso sobre o tronco da árvore e pediria que tivesse cuidado pois ninguém a tinha comido por trás era necessário zelo não queria ficar toda arrombada queria ser possuída com carinho eu perguntaria com timidez sobre a irmã sentada na sala ela calaria a minha boca com os dedos depois chuparia meus dedos simulando um caralho engraçado meu pau não consegue permanecer flácido imaginando essas cenas a irmã de Lúcia é mesmo uma piranha acabou de deixar aquele pano imundo cair do seu tronco agora exibe os peitos feito uma vadia que depois ninguém coloque a culpa em mim não tive culpa de nada eu nem sequer iria verificar a semelhança de suas bucetas porém o pano já está no chão mesmo Esther continua dormindo feito um anjo não tenho motivos para perturbá-la apenas quero conferir se seus buracos têm a mesma consistência por dentro por fora são iguaizinhos até a quantidade de pregas até o tamanho dos grandes lábios escarro com força na mão direita e na esquerda depois enfio os dedos na buceta das duas irmãs elas fingem estar entorpecidas mas sei que gostam tiro o pau para fora novamente e para que ninguém saía perdendo alterno as bombadas no final acho mais justo gozar no rabo de Esther afinal ela é a minha mulher de verdade cubro a irmã com o lençol e adormeço

Estela não esboçou nenhuma reação nem de satisfação nem de alegria nem de escárnio era complicado assumir sozinho as consequências de uma escolha se ao menos ela arranhasse com as unhas a carne do meu braço como um sinal de negação ou colocasse todo o peso do seu corpo sobre meus ombros e insistisse que partíssemos logo das imediações da vila na mesma hora ou rasgasse a boca como uma recusa irrevogável mas seu corpo continuava estático seu rosto continuava cerrado num mutismo incontornável de expressões e palavras eu teria que responder por todo o resto por tudo que sofreríamos depois por todos aqueles vexames que eles nos fariam passar por todos os ossos quebrados a ela só ficaria a facilidade de afirmar que nada tinha a ver com aquela decisão estava isenta da culpa e por isso continuaria parada não faria nada não gritaria e não sairia correndo era inocente muitas vezes tinha sido alvo de intrigas e infâmias mas agora era impossível difamá-la e que eu não tinha esperado ela pronunciar nada nenhum grunhido se quisesse ajuda que esperasse ela voltar à vida no entanto eu preferi tomar aquela decisão precipitada apenas por orgulho e para levar vantagem só porque me prometeram um cargo de confiança a única coisa que poderia fazer agora era molhar o pano branco na garrafa de água morna que o carroceiro nos fez o favor de ofertar e pousar sobre minha testa uma hora a febre baixaria e então poderíamos partir para longe sem precisar apelar à miséria daquele povo mesquinho entretanto eu começava a desconfiar que o melhor era dar meia volta

Embora Ester continuasse praticamente imóvel sua letargia começava a me incomodar era muito fácil ficar ali parada o tempo inteiro fazendo cara de paisagem fingindo não ter consciência de nada sim aquilo não passava de um coma induzido ela estava me manipulando eu não queria magoá-la longe de mim jamais faria nada para ofendê-la não relaria um dedo nela gostava de ficar perto do seu corpo paralisado e da sua boca catatônica eu sei as mulheres não são assim elas costumam falar mais que matraca ela era diferente sabia agradar os machos estávamos quase sempre em concordância me sentia um homem de verdade ao lado de Estela e com certeza não a abandonaria claro que não isso nunca passou pela minha cabeça algumas vezes fiquei irado mas logo passou no entanto ela anda tão passiva estou começando a me irritar não que eu não goste mas acabo tendo que tomar todas as decisões sozinho preciso decidir até que posição é melhor ela dormir e todos sabem quem se fode de verdade são os tomadores de decisões por um instante tive uma vontade quase incontrolável de socá-la socá-la até que seu pequeno coração saltasse pela boca logo depois me arrependi desses pensamentos violentos e absurdos coitada de Estelinha sem dúvida nenhuma me amava e se não queria opinar era para fingir submissão algo sempre exigido das mulheres ela estava pingando um suor fétido a minha febre já tinha diminuído enquanto eu pensava essas coisas uma mosca preta pousou no pé de Esther dei duas pauladas ela custou a morrer

O carroceiro continuou a viagem sem se importar com a nossa presença de vez em quando pousava a mão no pau para verificar sua rigidez de tempos em tempos exigia que ficássemos longe da carroça inventava uma desculpa esfarrapada qualquer para poder enrabar sossegado a irmã gêmea de Estela eu fingia não perceber Esther pelo jeito também ou era ingênua demais e não conseguia intuir as terceiras intenções daquele homem grosseiro o caixeiro-viajante se fazia de desentendido ele voltava com um sorriso largo nos lábios e ajeitando as calças já cheias de resquícios de porra das fodas anteriores às vezes eu também não resistia e virava Esther para o outro lado e lambia os seios de sua irmã gêmea não era muito recorrente mas aconteceu durante uma semana inteira depois me contentei com o rabo tamanho 40 de Estela o carroceiro nos contou que costumava passar noites inteiras acordado assim chegava no horário e entregava os corpos para o velório no entanto por algum motivo eu sabia muito bem qual era o motivo! dessa vez dormira muito bem todas as madrugadas chegaria um pouco atrasado mas o marido por certo não se importaria a sua mulher estava intacta sim foder nunca matou ninguém sorri pensando comigo mesmo

Ele continuou andando o mais depressa que podia porém ainda demoramos um tempo para chegar o caixeiro-viajante nos distraía com histórias absurdas dos seus livros eu estava meio indisposto por causa da viagem interminável mas tive a nítida impressão que apenas dávamos voltas em torno do mesmo lugar ele disse para eu não me preocupar pois ele estava acostumado e sabia de cor a geografia do lugar não estávamos de forma alguma perdidos entretanto não era isso que me preocupava não era estar perdido mas estar exatamente de volta ao mesmo lugar do qual saí semanas atrás ele afirmou que tal coisa era impossível a não ser que fosse mágico disse que talvez o sol em excesso e o cheiro da defunta tinham me entorpecido um pouco mas que já estávamos na vila e bem em frente da casa do esposo daquela bela jovem sem vida

Parte III
O ENTERRO

[Haverá um tempo em que minhas mãos sofrerão de Parkinson e não tocarão mais sobre as teclas pretas serão brancas as teclas que viajarão sob os meus dedos e colocarei camisas ao avesso podarei os laranjais na época das colheitas e eu e os outros eus em uníssono cavaremos minha cova e ela se encherá de nuvens quando a chuva cair solfejarei minha morte num batuque tribal]

    O caixeiro-viajante arregalou os olhos e disse finalmente cheguei a minha casa é logo ali vejam estão vendo aquelas duas figueiras¿ sinceramente eu não via árvore alguma na direção em que ele apontava assim mesmo ele pegou as malas e saiu correndo pensei em correr atrás e pedir uma explicação plausível no entanto logo a mala caiu e se abriu eu e o carroceiro ficamos olhando e esperando os livros tombarem pela estrada porém vimos um corpo se desdobrar e tamanho não foi o nosso susto era Estela ou melhor era igualzinha Estela embora fosse outra o caixeiro não tentou nos esclarecer nada recolheu depressa o corpo dobrou e enfiou na mala logo mais desapareceu sem deixar vestígios

    Continuei olhando estupefato a paisagem e a casa que se estendia a minha frente tive um ímpeto de gritar logo percebi que ruídos e estrondos não me ajudariam em nada resolvi ficar calado e ver como as pessoas me acolheriam por ali não demorou mais de cinco minutos e eu pude ver aquele homem preto que se dizia marido de Estela abrindo a porta e partindo em nossa direção estendi a mão na intenção de saudá-lo porém ele me olhou atravessado e não retribuiu o meu gesto olhou assustado para o carroceiro e perguntou o que ele estava fazendo novamente por aquelas bandas o carroceiro ficou atrapalhado e não soube se explicar direito apenas falou que ele deveria estar equivocado há anos não apareceria por ali voltava apenas para entregar a encomenda o homem preto continuou me ignorando e disse que estava triste demais para entrar em tais brincadeiras a esposa tinha morrido fazia poucos dias ainda se sentia deprimido e culpado sim alegou o carroceiro e eu concordei com a cabeça é por isso que estamos aqui o seu sogro levou o corpo até mim com a intenção que eu o preparasse para o funeral claro que devia ter sido com a sua permissão e quem é esse homem estranho do seu lado¿ não sabia que agora tinha dinheiro para pagar ajudante o suposto esposo de Estela estava realmente desmiolado falava comigo como se nunca tivesse me visto antes apesar de não ter nenhum afeto por ele me senti ofendido com a sua conduta não entendi afinal o que você está fazendo na minha casa a minha família está em luto não recebemos visitas em dias assim somente dos amigos mais íntimos o carroceiro alegou que não se considerava íntimo de ninguém mas estava cumprindo com o seu dever e trazia o corpo da defunta para ser velado o homem começou a rir sem parar depois disse que éramos dois loucos e era melhor que sumíssemos logo dali não estava a fim de confusão já bastava os filhos chorando desesperados e a mulher estendida no caixão o carroceiro disse que o louco era ele pois a sua esposa estava dentro da carroceria e chegava a estar fedendo e ele exigia que fosse tirá-la de lá já estava perdendo a paciência gritei que os dois deveriam ter compostura não eram duas crianças algo não cheirava bem mas o melhor era tirar tudo aquilo a limpo eu não sabia o que pensar primeiro não conseguia compreender como tínhamos chegado ao mesmo lugar de onde partimos depois não entendia como ele podia afirmar que o carroceiro já estivera ali dias antes trazendo o corpo e depois não conseguia entender quem estava no caixão se eu mesmo retirei Esther daquele lugar imundo eu queria ver com meus olhos quem estava agora confinada naquele caixão

O carroceiro não entendia mais nada achou melhor todos entrarem e conversarem com calma com certeza havia uma explicação lógica para toda aquela loucura eu fiquei indeciso não sabia se entrava com eles ou se ficava velando o corpo de Ester que estava derretendo dentro da carroça resolvi dar uma olhada rápida em Esther e sua irmã gêmea apenas para ter certeza de que continuavam ali fui e elas estavam tão paralisadas quanto antes corri e consegui alcançá-los ainda na soleira entramos o caixão continuava no meio da sala dava para ver que tinha uma defunta lá dentro e meu coração quase saiu pela boca quando vi uma mulher idêntica a Esthela dentro daquela caixa de madeira o carroceiro ficou sem reação apenas gritou que agora restava saber o que ele faria com aquele corpo estendido na sua carroceria suspirei ainda abalado pelos últimos acontecimentos e sussurrei que isso de fato não era um grande problema bastava dar uma volta na vila e seria possível encontrar um dono para o corpo não faltavam mães desesperadas com filhas desaparecidas assim como não faltavam esposos desconsolados procurando por suas antigas mulheres e a pior desgraça que pode acontecer a um homem é ter um velório e não ter um corpo para compor o cenário o carroceiro sorriu e deu o assunto por encerrado

Não queria ser malicioso ou ter um pensamento errado a respeito do carroceiro depois dessa tragédia eu sei algumas vezes é desesperador procurar por um ente querido e não encontrá-lo no entanto acabei de descobrir era igualmente desesperador encontrar clones da pessoa amada vi que o carroceiro tinha um sorriso no canto da boca não era impressão minha era a mais pura verdade ele adorou saber que aquele corpo despido em sua carroceria seria inteiro dele e por tempo indeterminado porém não demorou cinco minutos e ele estava de volta perto do caixão e me cutucando com insistência fazendo sinal para que eu o seguisse ele precisava conversar algo muito sério comigo retirei o braço com raiva mas acabei saindo da sala acompanhado ele logo tirou um cigarro de palha mal feito e me estendeu eu aceitei ficou assim uns dez minutos tragando e me olhando até que explodiu estava indignado com aquela história fazia mais de vinte anos que levava defuntos para cima e para baixo e isso nunca ocorrera antes havia algo muito mal contado o que o homem afirmava era impossível tentei acalmá-lo concordei era tudo muito estranho porém não havia como negar existia outro corpo idêntico ao da carroça dentro do caixão não era um fato corriqueiro e eu jamais acreditaria se alguém me relatasse mas estávamos ali estávamos vendo com nossos próprios olhos ele suspirou como que vencido e confessou no começo ficou até muito empolgado afinal era solteiro e não costumava andar na companhia de uma mulher ainda mais uma tão bonita quanto aquela e com o corpo tão bem feito mas é preciso dizer que logo depois fiquei apavorado o que eu faria a vida inteira com uma mulher pendurada nos braços¿ eu coloquei as mãos sobre os seus ombros e disse que ele não deveria se preocupar tanto as mulheres são imprevisíveis fique calmo não dê tanta importância a coisas tolas as mulheres acabam indo embora mais rápido do que imaginamos quando nos acostumamos com o seu cheiro lá estão elas farejando o pau de outro macho

Fui até a carroça novamente e peguei Esther pelos braços coloquei-a no chão ela escorou no meu corpo e caminhou até a casa do seu antigo marido que agora velava o corpo putrefato de outra a velha correu oferecendo ajuda me esquivei não queria muita conversa aquilo tudo me soava estranho ela me observava com interesse eu tinha prometido a mim mesmo que não aceitaria esmolas daquele povo esquisito e intrigueiro no entanto antes que eu me desse conta a mulher velha de nome estranho e língua enrolada estava em cima do corpo de Estela repetia trezentas vezes a mesma coisa como puede dejar así esa muchucha muchacha tan guapa y tan sucia dejame lavar la muchacha dei um grito fazendo menção para que ela não tocasse em um fio de cabelo de Augustina porém a velha era louca e nem deu atenção para o meu escândalo foi erguendo com cuidado o corpo de Esther e colocando ele imerso numa banheira cheia de ervas pensei em continuar gritando mas o cheiro que subia do corpo de Esther era tão bom deixei que a velha fizesse o serviço

Ela ficou horas trancada com a Esther alegou que para fazer um serviço de primeira era preciso tempo silêncio e retidão assim que a colocou na imersão exigiu que todos saíssem do aposento disse que dava azar olhar uma velha banhando uma defunta além do mais não era de bom tom os homens olharem o corpo de uma mulher tão jovem e formosa afinal homem nenhum tinha vergonha na cara e ela não duvidava que aproveitassem da letargia daquela pobre coitada para usá-la como bem entendessem para falar a verdade ela andou observando os homens ao redor do caixão e presenciou pelos menos quatro com os paus esmagados dentro das calças o melhor era manter todos afastados por via das dúvidas mal acabou o banho e Esther parecia outra pessoa a imersão fez com que suas bochechas voltassem a ficar rosadas como se tivesse colocado um punhado de blush quase não a reconheci já não trazia a palidez dos desacordados a velha começou a se gabar no seu dialeto usted está vendo muchacha de nuevo está viva no lo dijo un baño hace milagres y que formosa esta muchacha tiene covinhas en la face e na bunda y que buracos deliciosos que buracos tiene esta muchacha nunca vi nada igual fiquei horas massageando sus mucosas imagino que el muchacho también se distraía en los buracos respirei fundo toda vez que tinha o ímpeto de enforcar alguém repetia este recurso antigo quase ancestral sempre funcionava velha imunda como ousou escarafunchar a minha doce Augustina¿ Por acaso era louca¿ E o seu discursinho sobre a safadeza dos homens¿ olhei de novo para Esther agora ela trazia as narinas tapadas com algodão abaixei suas calças e lá estavam os pedaços de algodão camuflando o seu cu e a sua buceta como se fosse uma morta! Confiei Esther em suas mãos e olha como a idiota retribui apalpando de cima a baixo a minha pequena ela me encarava com os olhos miúdos e os dentes amarelos das suas orelhas escorria um líquido purulento ela gargalhava ah como es macia esa muchacha e lambia os beiços deixei a sala antes que a gargalhada ecoasse e retornasse aos meus ouvidos

    Estava extremamente cansado minhas pernas latejavam e os meus pés formigavam estava começando a perder a paciência com aquela gente se não bastasse o absurdo de apalpar e enfiar os seus dedos velhos e nojentos nos orifícios de Estela agora aquela mulher quase anã de trejeitos de bruxa me impedia de retirar Augustina do lugar alegava que ela estava fraca demais muito vulnerável não deveria ser incomodada muito menos por homens ela tinha tirado as cartas ela não chamou de tarô era um outro nome enigmático que não compreendi e ficou evidente Ester não suportava a presença masculina a partir de agora quem tomaria conta da defunta seria ela afinal nascera para aquilo tinha sido parteira por muitos anos e já havia muito tempo que cuidava apenas dos preparativos dos mortos a bem da verdade ela podia se comunicar perfeitamente com eles aleguei que era louca e se ela podia manter uma conversa amigável com defuntos deveria saber que Ester me adorava e exigia minha presença ela gargalhou los hombres son mismo una raza presunçosa Estela jamás há precisado de usted és usted que tiene necesidad de ella no te preocupes yo no te culpo despues de conocer los buracos de Estela considero razonable su obsesión ella és presencia donde aparentemiente és falta ela disse de modo sério enquanto vasculhava cuidadosamente as beiras cavernosas da vulva de Augustina

Eu estava errado desde o princípio jamais deveria ter retirado Esther daquela camionete que transportava os cadáveres eu deveria ter escutado a minha intuição algo me dizia a coisa estava mais podre que de costume deveria ter sido mais paciente esperar que os homens descarregassem o corpo no IML depois entraria lá reconheceria o corpo falsificaria uma certidão de casamento é assim que os homens de hoje provam que são donos das mulheres têm direitos sobre sua vida e sua morte a sua carcaça seria minha por lei tiraria Augustina daquele refrigerador mas não fui burro quis ser esperto e me fodi agora estava nessa vila infernal com uma gente estúpida disputando o corpo de Esther comigo solicitando bênçãos e atenções fingindo que Estela fora uma esposa perfeita e nunca esteve fora da vila não tivera contato com nenhum homem além do seu marido tolo e dos seus filhos gêmeos de dez anos me olham de esguelha como se eu fosse o filho de uma puta sarnenta estão me punindo por ter esganado Estela até ela soltar um sopro pelo cu eles não entendem uma vírgula do que falo não adianta explicar é como se tivesse pregando para uma plantação de jumentos eles nem imaginam como Dora gostava quando a colocava de quatro e fechava as duas mãos em volta do seu pomo de Adão não eles nem sonhavam ela gritava como uma histérica e depois eu sentia sua vulva esmagando meu pau como que infringindo a ele o mesmo enforcamento que eu impunha a sua traqueia agora enfraquecida pelos gozos repetidos depois me desprezava como se não visse em mim nada além de um acessório para o seu prazer

Não demorou muito e eu percebi o equívoco que cometia nenhum homem poderia ser livre servindo a outros homens mesmo servindo como superior como voz de comando aquele que manda também é escravo dos seus servos poderia ser uma grande experiência ser legislador daquele povo mas também poderia ser uma catástrofe poderia ser meu fim a única pessoa que me prendeu eu enlacei o pescoço torci até arrebentar as vértebras não cairia de novo nesse truque barato o sol entra pela janela e explode cavalga nas minhas pupilas olho de novo para Ester agora ela traz uma expressão dura tudo bem meu amor não se preocupe eu tirarei você daqui não precisará olhar mais a cara desses homens estranhos fique tranquila crianças brincam nos quintais vizinhos não se apavore chegaremos a tempo de ver as cerejeiras florirem

Sabe Estela eu não deveria ter dado ouvidos a esses homens de ideia curta estaríamos mais felizes se tivéssemos continuado nossa caminhada está tudo bem querida não precisa me consolar eu até daria um pouco desse mugunzá que me fizeram mas sei você ainda não tem fome já eu trago trago a fome dos desarvorados veja parece que desde que pousei minha carne nessas terras venho perdendo minha musculatura firme trago agora gorduras as quais não faziam parte da minha matéria você se lembra de quando apoiava a cabeça no meu ombro largo e depois passava as mãos pelo meu tórax rijo e continuava descendo numa espécie de montanha russa¿ você nunca conseguia ficar muito tempo com a cabeça inclinada acabávamos enroscando um no corpo do outro e você por fim deslizava as pernas em torno da minha cintura até meu falo endurecer e separar os ossos da sua bacia ilíaca então você despencava a cabeça para trás em uma *petite mort*

[Haverá um tempo em que a noite amanhecerá cor de neblina as sombras serão brancas e sua língua antiga peçonha retirará os escombros-entulhos das minhas pálpebras remexerei no mausoléu dos seus desenganos deixarei a marca dos meus dedos na sua garganta de vidro e seu grito-gemido soará suave nos ouvidos dos monges clarividência sua boca catavento]

Seus seios incomodavam um pouco o movimento dos meus ombros não parei para ver já imaginava os hematomas que eu deixaria em sua carne não me importei tantas outras vezes já a tinha espancado que todo sangramento percorreria por baixo da pele e da consciência e não passaria do que os velhos chamam de sangue pisado

O sol estava forte e depois de duas horas caminhando sentia o seu corpo coalhando primeiro achei que fosse o suor escorrendo entre suas nádegas depois imaginei que chovia dentro de você depois lembrei mortos não têm glândulas sudoríparas viva você também não cheirava a nada ela não fede nem cheira eu escutava um burburinho dos vizinhos quando você passava e tocava a campainha do meu apartamento logo que você entrava os vizinhos metiam os olhos no olho mágico não fede não cheira mas deve foder bem você olhou os pés dela¿ alguém com esses pés vai longe pois é agora você realmente foi longe demais o suicídio quem diria falava em se matar e não imaginou que acabaria morta pelas mãos de outro meu pulso ainda dói não imaginei que precisasse tanto esforço para um sufocamento lá fora o asfalto ainda brota gramas para todo lado e alastram as marias-sem-vergonha roxas

Meus ombros deslocaram precisei parar e colocá-la no acostamento eu gritava de dor coitada você não podia fazer isso ficou ali estática esperando que meus ombros voltassem ao lugar correto foi nessa hora que conhecemos Jerônimo outro transportador de cadáveres ele e sua carroça nada estava perdido ele parou e ofereceu ajuda disse que era franzino mas forte como um touro a aparência serve para enganar os trouxas e a minha já me foi muito útil fugi de vários ataques que cessaram antes de começar às vezes é bom inspirar pena enquanto ele me explicava sua vida deu um puxão rápido no meu braço esquerdo e a minha omoplata voltou ao lugar agradeci e comecei a me interessar por suas histórias Ester também balbuciou algo mas não fiz questão de encostar os ouvidos para escutar do que se tratava

Não você não merecia isso andar a esmo feito uma expatriada você precisava ter um chão só seu um chão em que possa respirar de forma aliviada que possa escutar o rio correr em direção ao mar você tem razão não faz muito sentido sairmos por aí sem destino sim devemos partir um dia em breve mas o mais certo por hora é voltar ao povoado e aceitar a hospitalidade daquela gente afinal como aquele homem disse eu sou um legislador e isso só pode me trazer benefícios sim querida eu voltarei lá por você quero que tenha um lar pelo menos até o dia em que esteja pronta para ganhar o mundo comigo não se preocupe as cerejas podem esperar e se perdermos a florada com certeza chegaremos a tempo da colheita e depois o que acha de tentarmos o plantio no povoado¿ o clima me pareceu apropriado para cerejas concorda comigo¿ eu sabia que concordaria venha então me dê um beijo de gratidão afinal eu vivo tirando você das enrascadas em que se mete onde já se viu querer andar por aí nesse estado não sabe que o mundo é cheio de maldade e poderemos encontrar malfeitores¿ Venha querida encoste seu rosto no meu ombro é bom descansar enquanto pode veja lá longe o cão continua a nos seguir

Não eu não era o mesmo do dia anterior ela me chamou de filósofo de carrasco de poeta eu era tudo isso e era também o inominável que importância poderia haver na conjunção de letras de sílabas de hífens e outros sinais gráficos a mudez me cabe melhor o cão não cospe o cão não sorri o cão não soletra e rasga a carne e range a mandíbula e enterra ossos ela era um cadáver mas o cisco do seu olho esquerdo ainda permanecia lá pequeno e vivo havia vida no seu corpo raquítico pequenas larvas de cupim que um dia iriam arrebentar ela era morta no entanto era criadouro

[Haverá um tempo em que não levantarei mais os olhos das dobras do seu corpo porque a cada segundo você ressuscitará e o tempo sofrerá um pequeno abalo um leve descentramento nas suas unhas crescerão plantas minúsculas e carnívoras eu sentarei nas pedras porosas de pouca eternidade e soprarei os dentes-de-leão e você sussurrará palavras francesas e úmidas no meu ouvido]

Equus Equus Equus trotavam no meu cérebro e as circunvoluções apontando caminhos diversos translúcidos explosões de sinapses e ela acariciava o dorso acariciava as patas beijava os cascos até que todo o corpo se decompôs e só sobraram as rédeas e a sela vazia e ela me olhava com olhos de cinismo-sarcasmo e dizia baixinho entre os cavalos agonizantes do jardim branco eu descobri a metafísica da carne e as pombas voavam eriçadas do outro lado

Voltamos ao povoado ninguém se admirou pelo fato de voltarmos ao contrário a nossa volta pareceu-lhes bem coerente e inevitável não fizeram nenhuma pergunta as bocas continuaram fechadas não era possível avistar nada através daquelas cavernas úmidas e desabitadas senti um pavor e imaginei que os exilados fossem recepcionados por uma espécie de ritual fúnebre uma mulher baixa e gorda pegou Ester dos meus braços e a recolocou no caixão minha cabeça latejava tentei lembrar o nome da mulher mas era impossível meu cérebro estava despovoado ela apalpou os pulmões de Augustina como para confirmar o tanto de ar que tinha acumulado nos órgãos me olhou com uma cara de reprovação fingi não notar ela percebeu que faltava um pé do sapato fez um sinal ao homem do canto da sala e este logo voltou com um pé novinho fiquei feliz com o seu cuidado agradeci mas a mulher nem ligou para o que eu falava continuou arrumando a defunta e depois trouxe uma taça de vinho e ordenou que eu bebesse o comando foi inútil já que não poderia recusar primeiro porque me senti acuado depois porque minha boca estava realmente seca por causa da caminhada limpei o resto do vinho que manchou os cantos da minha boca ela pegou um banco de madeira forrado com uma almofada e fez menção para que eu me sentasse falava de forma seca e autoritária também obedeci minhas pernas fraquejavam e já tinha me esquecido a última vez em que me tratavam com gentilezas a filha de Ester ficou em pé ao meu lado e começou a passar a mão no meu cabelo eu talvez esboçasse um sorriso mas estava tão exausto que meu rosto estava paralisado numa feição plástica ficou assim por quase uma hora quando ela parou eu percebi que minha cabeça estava repleta de nós não entendi se aquilo era um tipo de linguagem ou se ela simplesmente me detestava não achei apropriado desfazer os nós principalmente porque não sabia o que eles significavam a mulher gorda tirou a filha da Ester do meu lado e a colocou sobre uma almofada ao pé do caixão o menino ruivo continuava acariciando o dragão de komodo no entanto o dragão fugiu da sua mão e foi descansar no ventre de Estela o menino retirou o dragão várias vezes mas foi inútil ele voltava ao ventre de Ester embaixo do caixão gania um cachorro vira-lata Amadeo o que me deu a alcunha de legislador suspirou e disse isso me faz crer que a solidão não é privilégio dos humanos fui obrigado a concordar com ele havia uma ferida exposta nos olhos daquele cão sarnento

[Haverá um dia em que corpo e raiz formarão uma só matéria e você relinchará com seus grandes dentes perfeitos esperando o cio do sol e os cadáveres levantarão de suas inércias e beijarão sua boca suja toda palavra imaculado silêncio e eu mandarei todos à merda]

E o homem preto e nu que se autodenominava marido de Estela continuou falando por horas como se eu fosse um velho companheiro ou um amigo de infância logo eu que nunca tive infância que conheci logo a desgraça de ser grande demasiadamente grande enorme obeso inoportuno logo eu que aprendi a amarrar cadarços antes de aprender a cuspir logo eu que aprendi sobre foder antes de aprender a empinar pipas e jogar bolinhas de gude Está vendo como ela está pálida¿ Esses homens cobram caríssimo para preparar o corpo e nem sequer conseguem disfarçar a roxidão que se acumula nas bolsas dos olhos eu faria diferente procuraria um tom mais vermelho para preencher o volume dos lábios você acha que ela ainda pode ser considerada a moça mais bonita da vila¿ Sabe se você conhecesse a minha Esther eu tenho a mais absoluta certeza de que se apaixonaria sim você seria obcecado por ela por isso a mantinha longe dos olhos masculinos sim algumas mulheres também se apaixonaram mas nunca tive ciúmes eu permitia que ela escarafunchasse os buracos femininos não via mal nisso só não permitiria que lambesse os membros eretos de outros machos já via com alguma desconfiança a sua amizade com aquele cão sarnento muitas vezes vi o cão exibindo o pau enquanto ela acariciava o seu dorso Estela era incrível não gosto de pensar que nunca mais escutarei suas narrações confusas veja os seus pés eu nunca tinha reparado os pés não morrem olhe eles continuam os mesmos repare no caminho das veias tenho pena de vê-la assim estendida nesse caixote logo ela que tinha um vigor incomparável fodia feito os coelhos não é apenas do seu sexo que eu sinto falta é da sua presença do estalo rouco das suas falanges do ruído que fazia ao roer as unhas do eixo estranho das suas rótulas do peso do seu corpo afundando o colchão Está vendo a nossa menina¿ Você não acha que é a cara da mãe¿ Veja que coisa maluca chego agora a ter medo de ficar sozinho com a minha própria filha fico imaginando ela moça ultimamente o seu corpo anda adquirindo as mesmas características do corpo da mãe deus me proteja de comer minha própria cria alguns dizem que ela tem os meus olhos mas acho que falam isso para me agradar olhe para seu cabelo o cabelo da menina batia perto do calcanhar no entanto não foi o tamanho que me assustou mas os nós em toda sua extensão ela nunca cortou o cabelo foi promessa de Estela é engraçado como as crianças pagam pela sandice dos pais Estela prometeu que jamais cortaria o cabelo da filha se sua mãe não voltasse para o hospício e resolveu¿ não sua promessa foi inútil desde que a menina nasceu a mãe já foi internada mais de dez vezes você já deve ter escutado falar os loucos se acostumam ao cárcere depois que conhecem o manicômio dificilmente concordam em voltar a viver como o resto dos mortais existe certo fascínio em não obedecer leis em romper com as regras porém é tudo ilusório fora do hospício não passam de mortos-vivos e os nós o que significavam os nós¿ é que Estela achava óbvio demais cortar o cabelo da menina então resolveu castigar Deus cada vez que sua mãe enlouquecia ela desatava a fazer nós no cabelo da coitada dizia que a cada nó nasceria um cisto no cadáver de Deus você sabe todos sabem Deus morreu mas nem por isso os homens pararam de gritar seu nome nem por isso os homens pararam de atormentá-lo e se Deus morreu seu cadáver deve pagar por todos os seus erros e se Deus morreu quem pagará a conta de todos esses desatinos¿ se Deus morreu em algum momento teremos que desenterrar seus ossos mas eu não eu não mexo com defuntos eu tenho medo de tudo que morre tudo que cria bicho na carne prefiro os gatos que fazem a merda e cavam sozinhos seus buracos tudo que morre me mete medo mas não se preocupe a grama já cresceu esta noite e por hoje não veremos o túmulo de nenhum homem

    E eu me acostumara a rugosidade do asfalto e a solidão das ruas vazias antes da chuva a nuvem está carregada mas não está enegrecida temos tempo antes do temporal no entanto as águas correram antes do previsto e os nossos corpos se encharcaram e eu gritava você errou novamente você nunca acerta você é caolha e ela me sorria com os dois olhos retos querendo me desmentir e depois me abraçava e dentro de mim era um sol escaldante e eu explodia dentro dela sílabas tônicas e sonoras e eu nunca fui capaz de distinguir as surdas das sonoras quadrados e catetos

    Tentei durante anos agradá-la com ideias originalíssimas depois desisti eu não sabia pensar ela precisaria se contentar com um homem comum que não conhece toadas só conhece rimas imperfeitas e catacreses enforquei todos os artauds esperei cada órgão saltar pelos seus poros e ainda assim não me veio um pensamento sequer todos os meus pensamentos assim costumo nomeá-los são ausências placas combinatórias que circulam e não saem do lugar corredores estreitos luminosos mas finitos e as bifurcações dos loucos quem me dera poder alcançá-las daqui só escuto ranger de dentes mas todos sob o mesmo ritmo o mesmo truque todas as mandíbulas decoraram a mesma partitura não convém sair do batuque contínuo entoando o meu bruxismo

Um peixe enterrou um rosto e um sorriso em meu corpo plástico e tudo que faço é desmemória para esquecer esse tempo trágico em que minhas pernas eram cartilagens e meus ossos nadadeiras meus olhos tão grandes refletiam a ausência de ninguém ainda penso enquanto os ovos mergulham no cérebro pororoca

[Haverá um tempo não melhor que isso haverá um não-tempo esse intervalo tolo que cantam os filósofos em que depositarei rosas no seu túmulo mas só depois que me vingar de seu corpo só depois do nosso holocausto íntimo só depois de destroçar todos os seus ossos só depois de roer o seu tutano só depois de esfolar toda a extensão da sua pele sim brancas ou transparentes porque as cores não dizem mais nada a seu respeito ficou para trás o tempo em que urinava no meu ventre antes da masturbação e seus olhos quase fechados cheiravam a verde água e suas mãos galopavam sobre as nuvens essa espécie de cavalo invisível]

No início antes do grunhido antes do gemido que iguala santa e puta no princípio você era magma luz pastosa às vezes nuvem às vezes chuva com o tempo tomou para si o tom endurecido-enfurecido dos músculos e suas mãos tocavam em um piano de teclas negras aço frondoso cavavam buracos você me enterrava palmo a palmo enquanto eu me distraía com as notas graves e o que me importa que agora embalsame meu corpo evitando as borboletas as libélulas as lagartas as mariposas os cupins as formigas os bichos de pau os vermes¿ se antes das suas mãos epiléticas sufocarem meu pescoço eram dos vermes que falávamos eram os vermes que rondavam-ruíam nossos corpos quase vivos quase mortos

Tangerinas e nectarinas e o sumo que escorria verdejante cada vez que você abriafechava as portas de madeira mofada discorrendo sobre a arquitetura grotesca dos cupins e seu parentesco obtuso com as baratas domésticas e as minhas pernas se afastavam para não perder o equilíbrio e meu chapéu coco inclinava levemente para a esquerda sua boca cheirava a drops de menta para disfarçar algum odor hediondo que trazia escondido por debaixo das unhas você tinha a mania de esfolar os seus mortos retirar a epiderme que os afastava da realidade das coisas vivas uma revolução é o que daria jeito para trezentos anos de um país que alimentava com água e farinha os cadavéricos

Foi essa mania fúnebre de banhar os mortos que arrasou com tudo veja como está nosso mundo agora apenas os fantasmas sobrevivem estávamos livres da peste mas vocês queriam retirar a carniça que se acumulava na matéria sem vida e então a tragédia se espalhou não posso ajudá-los também tenho os meus defuntos para enterrar sou apenas o legislador não sou milagreiro minha madrinha era eu não nunca gostei de benzedeiras meus pulsos estão abertos e aqueles malditos homens de branco continuam a me perseguir não posso deixá-los me levar seria o fim para Estela ela enlouqueceria e eu não poderia mais acalmá-la com a minha saliva

Então o que fará agora¿ Vai esperar eu o louco destroçar todos esses ossos brancos calada¿ Você nem sequer soltará um gemido de discordância¿ eu sabia que você morreria pelas mãos do seu protetor sim eu te mataria e mesmo assim você acobertaria as minhas maiores falcatruas até o fim não foi por falta de aviso eu te falei que um dia eu cagaria em tudo mas você deu pra querer ser santa não confiava nas minhas palavras dizia que minha língua era cheia de veneno olha no que deu agora vá junte os miolos espalhados pelo chão do quarto nunca mais se refira a mim como um paranoico não diga que te alertava só porque queria te comer desde o início eu era o único que mantinha os parafusos no lugar e quer mesmo saber parafuso às vezes espana e nem sempre o cão lambe a mão do dono

Mas ela parecia mesmo nem se envolver com aquelas palavras todas que eu soltava feito um maníaco por que todos pensavam que os maníacos não tinham consciência das baboseiras que pronunciavam¿ Ela continuava com o tronco inclinado sobre o dorso do cão branco primeiro passava as mãos depois calmamente enfiava as unhas por dentro da pelagem o cachorro virava a cabeça e ganía ela fazia um carinho rápido no seu abdome imitava um ritual amoroso é admirável como a mulher simula depois cercava o carrapato com os dois dedos indicadores sitiado acuado ele continuava inutilmente sua busca pelo sangue como se não fosse em poucos minutos esmagado pela fúria da fêmea ele era como os escritores que passavam a vida toda atrás de uma história genial e quando a encontravam preparava o defunto para o velório mas ela pouco sabia sobre escritores ela só se importava com a matança daqueles sugadores e seu ódio era direcionado apenas a eles

[Haverá um tempo em que os sãos serão poupados do falatório vexatório dos loucos e os loucos não mais se ajoelharão sob seus demônios nem esfolarão as mãos na terra dos excomungados nem roçarão o sexo dos cães nem simularão vertigens nas noites insones eles dormirão o sono dos justos crentes na lucidez dos homens e na piedade de Deus.]

Depois de todas essas andanças com Esther nos ombros eu sinto minhas articulações romperem olho no espelho e vejo nascerem penugens brancas pela extensão do meu corpo minhas orelhas tomam um formato pontiagudo e inusitado os dentes caninos crescem poderia em segundos estraçalhar a cabeça de uma hiena começo a falar em um estranho dialeto e aos poucos minha voz se transforma em uivo meu faro está apuradíssimo posso seguir sem dificuldades os rastros do cadáver de Esther eu sou capaz de escutar o som de uma agulha caindo e rasgando o chão como se placas tectônicas estivessem se movendo sob minhas patas

Vi que o cão branco e sarnento não estava mais debaixo do caixão de Estela fiquei um pouco preocupado afinal ele não saía de perto dela não demorou muito e uma das velhas do povoado falou que encontrou o cachorro morto do outro lado do muro achei estranho ele desejar morrer longe de sua dona no entanto a velha prosseguiu não seja besta apenas nós humanos achamos normal ficar esfregando a morte na cara dos outros os animais têm noção da falência de seus corpos eles sentem vergonha por serem tão fracos e finitos eles sabem que a morte é obscena e por isso quando estão prestes a morrer se retiram para poupar os vivos do seu espetáculo bizarro sim ela tinha razão não conseguíamos morrer sem antes esfregar a morte na fuça dos outros

Pela milésima vez saí e deixei o suposto marido de Esther falando sozinho ele nem pareceu se importar no entanto assim que deixei a sala ele me chamou novamente pensei em fingir demência e continuar andando agora já sem me importar com Estela talvez o melhor fosse deixá-la ali nas mãos daqueles lunáticos eles fariam a cova e a enterrariam e tudo estaria morto e enterrado eu poderia prosseguir com a minha vida mesquinha e sem graça venha amigo me ajude aqui com o caixão não posso levá-lo sozinho pegue em uma das alças pensei que Augustina deveria estar muito feliz naquele momento afinal ela tinha orquestrado nossas vidas nos últimos dias olhei para o seu rosto mas ele não me dizia nada de repente senti falta do cão sarnento vamos amigo acho que já está na hora de deixarmos a moça descansar abaixamos e colocamos o caixão ao lado da cova no entanto ao olharmos para o ventre de Ester percebemos que ele estava ainda mais inchado como se fosse uma parturiente de repente sua barriga começou a se mover como se houvesse um ninho de cobras dentro o suposto marido de Estela considerou que era insensato enterrá-la daquela forma precisávamos de uma faca cortaríamos a sua barriga e veríamos o que estava acontecendo depois de alguns minutos uma das velhas chegou com uma bacia de água morna e uma faca afiada disse que já ouvira falar de mulheres que deram à luz depois de mortas deveríamos considerar plausível essa hipótese embora achasse aquilo tudo uma loucura deixei que prosseguissem pois eu também estava curioso para ver o que Augustina trazia no ventre a velha continuou e afirmou que algumas mulheres conseguiam renascer na própria cria como era absurdo tal pensamento não comentei nada apenas esperei em silêncio como costumava fazer quando discordava a velha mesmo cortou a barriga de Esther e que surpresa quando ela enfiou suas mãos e retirou uma criança do seu ventre não conseguia acreditar que fosse verdade pisquei diversas vezes mas a criança continuou ali não escutei nenhum choro a velha pegou uma camiseta velha e limpou a criança e assim que pude ver o seu rosto o meu susto foi ainda maior a criança tinha o meu rosto sim nos mínimos detalhes apenas não trazia as rugas que eu trazia todos me olharam atônitos fiquei esperando uma reação de repente percebi que a criança não respirava era um natimorto peguei ela dos braços da velha e a chacoalhei escutei Estela sussurrar qualquer coisa abaixei perto de seus lábios e ela repetia incessantemente *cadáveres não se arrepiam* esperei ela terminar a ladainha e perguntei por quê¿ por quê¿ por quê¿ me responde Esther!!!! Por que dessa forma¿ E ela com a voz fraca e sumida respondeu *Há apenas uma forma de se livrar do desterro e do exílio nascendo no corpo agonizante do macho*

Olhei novamente para o caixão e para sua maquiagem fúnebre era evidente ela estava morta a criança estava morta no entanto eu estava confinado eu era o cadáver *rigor mortis pallor mortis* eu tinha esgotado todas as possibilidades de sobrevivência a metafísica falida da carne me restava sentar feito um cão magro e me distrair matando os carrapatos que escalavam o cume das minhas orelhas ela não diria nada ela se acostumara ao silêncio das ruas agitadas

[Haverá um tempo em que penetrarei nas bifurcações do jardim e encontrarei todos aqueles homens iguais e franzinos velando o grande lobo branco. E eu não soltarei um uivo eu não acuarei nem devorarei minha presa eu ficarei estático esperando a hora certa da cova se abrir diante de minhas patas defeituosas. Eu esperarei a hora certa do ventre engolir meu crânio e a minha medula abrirá ao meio e dará origem a novas e insignificantes constelações.]

POSFÁCIO

por Fernando Rocha

Se a impossibilidade de compartilhar o sentir de uma experiência sinaliza a morte do ato de narrar há mais de cem anos, faz-se necessário criar um cadáver, arrastá-lo diante dos olhos dos viventes do século XXI, para que assim, as palavras sejam enterradas e superadas, permitindo um sopro que revigore e instigue a literatura contemporânea.

Em seu quinto livro, Márcia Barbieri confirma a sua escrita como uma experiência radical de produção artística, a qual não se relaciona em nada com a estética oca, que por muitas vezes, ocupa lugar dentro do que é considerado inovação em nossos dias.

Assim como em sua obra anterior, *A Puta* (2014), a escritora ousa construir um mito moderno para uma distopia, não sobre um herói que tende a explicar a vida, mas sim sobre um homem comum, e este não tem a intenção de servir como modelo para os demais de sua espécie, apenas intenciona explicitar um mosaico com imagens de seu desencaixe, demonstrando os motivos de seu estar no mundo como um não-nascido.

Se segundo a mitologia a primeira mulher nasceu da costela de um corpo masculino, aqui, o homem com um membro amputado mostra-se incompleto desde a origem, projetando na figura feminina de nome variável (Estela, Esther, Augustina, Agustina) o simulacro de contentamento.

Os relógios que ocupam as salas de aula, escritórios e outras celas do real são em sua grande maioria redondos, ao abrir este livro, da primeira à última página, abre-se um círculo sem tempo, o que talvez nos seja sinalizado pela ausência de pontuação, com exceção dos acentos de interrogação e de algumas exclamações. Reivindicar uma explicação, dentro de um cenário com pinceladas surrealistas, pode causar desespero para aqueles que possuem apego ao real.

O homem personagem-narrador sem nome exibe o movimento de seu pensar, como se estivéssemos alojados dentro de sua mente-tela-de-cinema. Márcia não teve pena dele, ela o levou aonde evitou hospedar Malu, do *Mosaico de Rancores* (2013).

A sugestão de diálogo com a própria obra em estágio de ressignificação se dá antes do início da narrativa, por meio do poema, que de certa forma, retoma o conto que dá título ao livro *As mãos mirradas de deus* (2011).

O sexo em O *enterro do lobo branco,* assim como nas demais criações da escritora, é um grito que tenta junto com as secreções e gozos superar o desespero da condição humana, este outro nome para o absurdo.

O texto-universo localizado neste livro, mais do que servir ao gesto da leitura, deve ser acolhido pelo corpo inteiro, ultrapassando os limites da linguagem literária, ele impossibilita aquele que o frui de tentar relatar algo sobre o enredo, quem o fizer, perceberá que na obra o QUÊ torna-se mero detalhe diante da precisão do COMO. Se há espaço para alguma definição dentro deste trabalho, talvez, Márcia tenha reconstruído a tela O *abraço amoro-*

so entre o universo, a Terra, Eu, O Diego e o sr. Xolotl, de Frida Khalo, só que da perspectiva de um Diego-bebê desassossegado.

O interior das personagens barbierianas troca de lugar com a pele, e se os instantes de dor ao contrário dos de alegria podem sempre ser recordados e sentidos como fatos do presente, a prisão da repetição do gesto que desencadeia o desacerto metafísico une o primeiro uivo do Lobo Branco ao último.

Fernando Rocha, *escritor.*

Este livro foi composto em Sabon LT Std
e impresso em papel pólen bold 90 g/m²,
em janeiro de 2021.